雨乞(あまごい)の左右吉(そうきち)捕物話

長谷川 卓

祥伝社文庫

目次

登場人物紹介

雨乞の左右吉：向柳原の下っ引。
　お半長屋に住む
日根孝司郎：元常陸国笠森藩藩士の浪人。
　左右吉の隣人
千：左右吉と顔馴染みの女掏摸
蓑吉：一膳飯屋《汁平》の亭主
　飯炊き――銀蔵
　仲居――亀、静、雪
嘉兵衛：豊島町お半長屋の大家
勘助：塒の弥兵衛店で殺された掏摸
磯吉：勘助の塒の隣に住む酒飲み

富五郎：向柳原の御用聞きで左右吉の親分
　富五郎の手下――繁三、弥五、平太
鶴：富五郎の女房。女髪結を生業にしている
山田義十郎：北町奉行所定廻り同心
久兵衛：伊勢町堀の大親分。
　富五郎の親分にあたる
　久兵衛の手下――善六、伝八
梅造：掏摸の元締。〝通称飛び梅〟
すっぽんの三次：凄腕の掏摸
三五郎：元掏摸

佐古田流道場の道場主
名塚隆一郎：佐古田流道場の師範代
赤垣鋭次郎：佐古田流道場門弟。
　譜代大名家馬廻役
安田伊勢守正弘：火附盗賊改方長官
　筆頭与力――笹岡只介
　同心――前谷鉄三郎、田宮藤平、寺坂丑之助
豊松：左右吉の旧友。
　古着屋をやっていたが行方不明
金兵衛：左右吉の旧友。
　土腐店に住む判人（女衒）
留吉：左右吉と親しい大工
仁右衛門：呉服問屋《松前屋》の宿持別家

治兵衛：大伝馬町の呉服問屋《室津屋》の主
彦右衛門：元鳥越町の湯屋《鳥越屋》の主。
　香具師の元締
　彦右衛門の手下――卯平、勝、伊之助
要蔵：元殺しの請け人で彦右衛門の片腕
気配師：吹き矢を遣う殺しの請け人
双つ蝶：兄・喬弥、弟・佑弥の
　双子の殺しの請け人
七化けのお芳：殺しの女請け人
北川太兵衛：江戸で殺された日根の元上司
小池徹之進：日根の旧友。笠森藩藩士
町田宏一郎：日根に倒された町田卜斎の嫡男
一色隼人正：宏一郎の助太刀。笠森藩藩士

第一章　掏摸殺し

一

寛政十年（一七九八）三月七日。明け六ツ（午前六時）――。

白々明けの千住大橋を渡り、江戸を目指している一人の男がいた。

男の名は、左右吉。無駄な肉のない、精悍な顔立ちをしている。年は、二十七歳。向柳原の御用聞き、富五郎の手下である。橋を渡って奥州路に足を踏み出してから、九日目のことになる。

老爺と孫娘の二人旅では心許無かろうと、宇都宮宿から六里十一町（約二十四・八キロメートル）の喜連川宿まで送り届けての帰りだった。親戚筋に当たるから、というのではない。相次いで亡くなった孫娘の二親を見知っていたというだけの間柄だった。

親分からは、「てめえの役目の外だ。わざわざ行くこたぁねえ」ときつく言われたが、放ってはおけなかったのだ。

千住大橋を過ぎ、山谷堀から花川戸町へ抜ける道を行くと、小塚原の仕置場を通る。

多くの罪人が刑に服した地である。旅人は我知らず急ぎ足になった。

仕置場を過ぎた田畑の中に林があった。奥に、土地の氏神を祀った神社があるのだろう。参道らしい小道が、一町（約百九メートル）程向こうにあった。鎮守の森なのかもしれない。

その林の中で白いものが光った。

刃の輝きだと見て取った左右吉は、道を外れ、林に分け入った。

羽織を脱ぎ捨て襷掛けとなった侍が、刀を抜き払い、構えている。相手は月代の伸びた浪人である。立会人と覚しき羽織の侍が、浪人に刀を抜くようきつい口調で命じている。

「無益なこととは思わぬのか」浪人が答えた。

立会人が横を向いた。顎に黒いものが見えた。黒子であるらしい。立会人が、襷掛けの侍に何事か言い放った。

　襷掛けの侍は頷くと足指をにじり、浪人との間合いを詰めた。浪人が刀を抜き、下段に構えた。

　襷掛けが斬り掛かった。浪人は刀を払うようにして躱したが、襷掛けは執拗に打ち込んでくる。浪人は大きく飛び退くと、襷掛けに言った。

「今更立ち合うて、何になる」

「問答無用」

「……致し方あるまい」

　浪人の足が地を嚙み、じりと進んだ。襷掛けの額に大粒の汗が浮いた。襷掛けが目を剝いて一剣を振り下ろした。その刃を搔い潜るようにして浪人の剣が相手の腹を斬り裂いた。腹を搔き毟るようにして襷掛けが息絶えた。浪人は油断なく襷掛けに寄ると、呼気を確かめてから二本の指の腹で刀身の血糊を拭った。

　立会人は何も言わずに凝っと見ている。

　浪人はその者に背を向けると、林を抜けようとした。そこで、初めて左右吉に気付いた。浪人が左右吉を見た。左右吉も見返した。

「見ていたのか」

「へい」

浪人は、左右吉の隙のない身ごなしに目を留めた。

「何者だ？　ただ者ではないな」

「いささか八丁堀によしみのある者でして」

「御用聞きか」

「末席を汚しておりやす」

「つまらぬ奴に見られたものよな。自身番まで同道せよと言いたいのか」

「いいえ。お見受けしたところ、どこぞの御家中との悶着のようですので、町方とは支配違いかと」

「では、行ってもよいのだな」

「ご存分に」

浪人は両の腕を袂から懐に入れると、ゆっくりと歩き出した。左右吉は立会人が倒れた侍の脇に片膝を突いたのを目の端に留めてから、街道に出た。浪人の後から行く形となった。

街道の先に山谷浅草町の家並が見えた。板屋根に石を載せているか、茅葺きにしてある質素な家々に、人の気配はなかった。

浪人は足を止めると、左右吉が追い付くのを待ち、呟くように言った。

「なぜ尾ける？」

「尾けちゃおりやせん」

「…………」

浪人は暫く歩くと、また立ち止まり、聞いた。

「どこまで行く？」

「それは申し上げたくございやせん。ご浪人様は？」

浪人は、左右吉と暫し目を合わせた後、顎を横に振った。

「先に行け」

嫌な心地はしたが、左右吉は浪人の言葉に従った。間合いさえ取っておけば、抜き打ちに斬り込まれても、むざとはやられはしないだろう。それだけの修練は積んでいるつもりだった。

浅草新鳥越町を抜け、三谷橋を渡り、花川戸町を通った。浪人が間合いを保ったまま付いて来る。

往来の人影が濃くなった。このようなところで、斬り掛かっては来まい。そうは思ったが、断じ切れるものではない。気は抜けなかった。

浅草御蔵の前を行き、鳥越橋（とりごえばし）を越え、浅草御門を抜けた。西に折れ、柳原通（やなぎわらどお）りに入った。浪人も迷いのない足取りで付いて来る。

粗造（あらづく）りな店が並び始めた。古着を商う店である。

二間（約三・六メートル）程先に、子供が遊びに使っていたのか、手頃な長さのこん棒が落ちていた。

左右吉は素早く拾うと、振り返り、こん棒を構えた。

「お前さんこそ跡を尾けて、斬ろうってのか」

「おっ」と呟き、浪人が顎でこん棒を指した。「心得があるのか」

左右吉は、五年前から富田流（とだりゅう）の流れを汲（く）む佐古田流小太刀（さこたりゅうこだち）の道場に通っていた。

「簡単には斬られねえぜ」

「其（そ）の方（ほう）を斬ったとて、面白くもない」

「ならば、どうして、道を変えねえ」

「私の行く方へと、其の方が行くからだ」

「本当だろうな？」

「嘘（うそ）を吐（つ）いて何になる？」

「……気に入らねえが、そういうことにしておいてやろうじゃねえか」

歩き出した左右吉の後から、浪人が続く。

「どこまで行く?」浪人が聞いた。

「もう直ぐだ。塒があるんでね」

「私もだ……」

何を調子のいいことを並べ立てやがって……。左右吉の思いとは別のところで、浪人が何か思い出したように聞いた。

「喜連川辺りに出向いているという御用聞きの手下がいる、と聞いたが……」

「……そりゃあ、あっしのことだ」言ってから、浪人に聞いた。「まさか、塒ってのは、豊島町のお半長屋じゃあるめえな?」

「そうだ。そこだ」

「隣の空店に入った新入りか」

「因縁がありそうだな。これから世話になるぞ」

「…………」

「一応はお隣さんだ。名乗っておこうか。日根孝司郎だ」浪人が言った。

左右吉は苦り切った。

「あっしは左右吉で」

二

仮寝から覚めると、四ツ半（午前十一時）を回っていた。

急ぐ旅ではなかったが、早く江戸の空を仰ぎたいからと草加宿を暁七ツ（午前四時）過ぎに発ったため、不意に眠気に襲われてしまったのだった。

左右吉は、搔巻を撥ね除けてから、隣の店子の気配を探ろうと耳を澄ました。出掛けているのか、物音一つ聞こえて来ない。

洗顔と歯磨きを済ませ、大家の嘉兵衛を訪ねた。嘉兵衛は在宅していた。

お半長屋という名は、先代の大家の女房に由来する。店賃の取り立てが鬼より怖いという評判の婆さんで、大家の名より女房の名で呼ばれるようになった。店子の言うことによると、その半が長屋を追い出された者の祟りでぽっくり死ぬと、亭主の大家はすっかり萎れてしまい、大家を辞めた。後を継いだのが嘉兵衛で、こちらは仏の嘉兵衛と言われる程、穏やかな性格をしており、既に十五年程大家を続けている。

「喜連川は、どうでしたかな？」

「……隣にご浪人さんが入られたってことですが？」

「気になりますか」

頷いて嘉兵衛が話し出すのを待った。

「元はどこぞの御家中の方でしょうが、なかなか苦労なさっているようですよ」

「身許の請け人は、いたんですかい？」

「本郷の玲巌寺のご住職様ですので、非の打ち所はございませんですよ。皆さん、日根様くらいの請け人がいて下さるとよろしいのですが」

「働いてらっしゃるんで？」

「それはどうでしょうか。よくお出掛けにはなっておられますが」

「ありがとござんした。忙しいところをすいやせんでした」

「それで、何か土産話は？」

「それはまた、今度ってことで」

調べたければ、玲巌寺を訪れればよい、と分かっただけで十分だった。

取り敢えず、腹拵えでもするか。

夜明け前に握り飯を二つ食べただけだった。食べ終えたら、向柳原の親分の家に行き、勝手に旅に出た詫びを言わなければならない。

左右吉は長屋を出、神田お玉が池に程近い小泉町の一膳飯屋《汁平》に向かった。

《汁平》には、六年前の店開きの時から通っている。主の蓑吉が作る丼の味が気に入ったこともあるが、蓑吉の持つ、一膳飯屋の主では収まり切れぬ懐の深さに魅かれていたからでもあった。

縄暖簾を潜ると、平べったい大きな顔が出迎えた。仲居の亀だった。《汁平》では、三人の女を雇っていた。亀と静は長屋のかみさんで、出職の亭主が戻って来る暮れ六ツ刻（午後六時）には引き上げてしまい、その後五ツ半（午後九時）まで一人で切り盛りするのが雪という十七歳になる下膨れだった。

亀に背を押されて入れ込みに上がると、隅の方に日根がいた。何で、ここにいやがるんでぇ。塒が隣で、飯屋も一緒というのが、納得いかねぇ。かと言って、避けるのも大人気ねぇか。左右吉は、日根の脇に陣取ることにした。

亀が、左右吉の脱いだ雪駄の向きを変え、揃えて置くと、奥の厨に声を掛けた。

「お戻りですよ」

内暖簾を菜箸で掬い上げ、蓑吉が顔を覗かせ、

「お帰り。今朝か」と聞いた。喜連川に行くことは、話してあった。《汁平》は、左右吉が心を隠さずに話せる唯一の場所だった。

「ああ」

「親分のところへは？」

「まだ行ってねえ」

箸を止め、二人の話を聞いている日根を見てから、

「そうかい……」蓑吉が答えた。

「今日は、何を食わせてくれるんだ？」

左右吉は日根の丼を覗いた。油揚げに焼き豆腐と大根の煮物がたっぷりの汁とともに飯に掛かっていた。

《汁平》には献立のようなものはなく、その日仕入れて来たもので作る丼飯だけだ。他には沢庵が添えられるのみである。

暮れ六ツ以降は客の求めに応じて簡単な肴を作ってくれるが、日が高いうちに酒を飲みたい者は、汁を多めに掛けて貰い、汁と具を肴に酒を飲み、最後に汁の染みた飯を掻っ込むのだ。

「急いで頼むぜ。腹ぺこなんだ」

「おうっ」蓑吉が内暖簾の向こうに消えた。

左右吉は日根に、どうしてここにいるのかと尋ねた。

「来てはいかぬのか」

「別に」

「浪人しているとな、安くて美味いものの在処には聡くなるのだ」

「それ程長い間、浪人暮らしをなさっているようにはお見受け出来ませんがね」

「…………」

丼が来た。箸で具を除け、汁を啜っているところに、女の声がした。

「見付けたよ」

女掏摸の千だった。左右吉が振り向くと、千はずかずかと上がり込んで来て、隣に座り、ちょいと、と言った。

「長屋に行ったら、今起きて出掛けたって言うじゃない。よかったよ、ここで会えて」

「よかねえよ。俺は静かに食いたいんだ」

日根が、箸を動かしながら左右吉と千を交互に見ている。

「どなた？　こちら」

「お隣さんだ。日根孝司郎さんと仰しゃる。旦那、このかしましいのは、お千と言いやす。この店の常連で」

日根が、僅かに首を前に傾けた。

「へえ。一緒に御飯を食べてくれる人が出来たんだ」

「そんなんじゃねえ。用がねえなら、行ってくれ」

「用は大有りだよ。力を貸しておくれな」

千の表情に、浮ついたものはなかった。切羽詰まっているようにも見えた。

「何があった？　聞くだけは聞いてやるから言ってみな」

「昨夜のことなんだけどね」そこで千は声を潜めると、唇を左右吉の耳許に寄せて言った。「仲間の勘助が、殺されたんだよ。後生だから、調べておくれな」

日根は、ちらと左右吉を見てから、箸を動かしている。

「もう誰かが調べたんだろう？」

「見た者はいないし、どうせ仲間同士のいざこざだろうって、奉行所もちょろっと調べただけなんだよ」

「お調べが終わったとこなら、俺の出る幕じゃねえや」

「そんなこと言わずにさ」

「誰だ？　調べたのは」

「あんたンとこの親分だよ」

「殺されたのは、どこだ？」

神田川に架かる新シ橋を北に渡り、東に折れたところにある、久右衛門河岸だった。

「間違いねえ。親分の縄張りだ。勘助の塒は？」

久右衛門河岸から通りを一本中に入った横町にある弥兵衛店だ、と千が言った。そこの大家ならば、親分の縄張り内を見廻った折、顔を合わせたことがあった。

「近くなのに、見た者もいねえとはな」

「あんたの親分も八丁堀の旦那も、駄目だよ。あいつはいい奴だったんだよ」

「いい奴だと言われてもな。それはお千さんの渡世での、いい奴だからな」

「千殿の渡世とは、何だ？」

日根の言葉に、左右吉と千は顔を見合わせたが、すぐに千が右手の人指し指をくい、と曲げて見せた。

「これですよ」

日根は目を丸くしたが、それ以上は尋ねなかった。

「仲間うちの喧嘩だろう、で済まされちまった。誰も分かっちゃいないんだよ。あいつは仲間に恨まれるような奴じゃないんだ」

「弱っちまったな」

「弱ることはないだろう。見て来てやればよいではないか。仲間に死なれる。辛いものだぞ」

食べ終えた日根が、茶を啜りながら言った。千が頷きながら、掌を合わせた。

「飯食ってからでいいか」

「奢るよ」

「悪いな」

「口利き料は出ぬのか」

日根が、千に言った。千は伸びた月代を見てから、

「ご浪人さん、やっとうの腕は？」と聞いた。日根は、小首を傾げたが、「まあ、かなり立つ方かな」照れたように笑った。

「なら、何かの役に立つかもしれないからね。奢るよ」

「すまぬ」日根が、頭を下げている。

左右吉が汁を飲み干し、丼を置いた。

「行くよ」と千が左右吉に言い、日根を顎で指した。「あんたもだよ」

「私もか」

「ただ飯、食うつもりかい？」

三

左右吉は、千と日根とともに柳原通りを行き、新シ橋を渡った。

東に開けているのが久右衛門河岸であった。材木や炭、薪が着く賑やかな河岸である。

まずは、久右衛門町の自身番を訪ねた。自身番の中では、月行事の大家と店番が、殺しのあった昨日の今日にもかかわらず、何やら楽しげに話し込んでいた。他人の死というのは、その程度のことなのだろう。親分の縄張り内なので、二人とも顔見知りだった。

「ご免よ」

左右吉に気付いた大家が、手を擦り合わせながら膝を進めて来た。

「これはこれは、雨乞の親分さん」

雨乞は左右吉の二つ名だった。日根が目を見張っている。左右吉は居心地悪く、早口で言った。

「親分は止めてくれ。まだ手下なんだから」

「その貫禄は、もう立派な親分さんですよ」

「止めてくれと言ったのが、聞こえなかったのか」

「………」大家が左右吉の見幕に驚き、店番に助けを求めている。

「すまねえ、つい」左右吉が詫びた。「勘弁してくんな」

「こちらこそ、お気に障るようなことを申しまして……」大家が店番と目を見合わせながら言った。

「立ち寄ったのは他でもねえ。昨夜勘助って男が殺されたそうだが、場所と様子を教えちゃくれねえか」

「よろしゅうございますとも」

大家は自身番の留守を店番に頼むと、先に立って河岸へと歩き始めた。

「殺されたのは、ここです」

場所は河岸の中程だった。逃げようとしたところを匕首で刺されたらしく、刺し傷は背中にあった。殺された刻限は、六ツ半（午後七時）から宵五ツ（午後八時）の間。自身番に詰めていた店番が六ツ半に河岸を通った時には死体はなく、大家が宵五ツに外に出た時見付けたのだった。

「それで、富五郎親分に知らせたのです」

「誰か見たとか、走り去る足音を聞いたとか、何か一つくらいはなかったのかい？」

「申し訳ありません。誰も見当たりませんでしたし、足音も聞こえませんでした」

「最後に一つ。奉行所から来たのは、山田の旦那かい？」

山田義十郎は、富五郎を手先として使っている北町奉行所の定廻り同心だった。

「左様です。ここを調べ、その足で富五郎親分と長屋に向かわれました」

山田義十郎が調べたのなら、手落ちがあるとは思えなかった。山田は四十九歳。定廻りになって十年の腕のいい同心だった。その山田が仲間割れとして片付けた一件である。目新しいことが出るとは思えなかったが、飯を奢られた手前、一通りは調べてみなければならない。

勘助が住んでいた弥兵衛店に向かった。

弥兵衛店は、久右衛門河岸を背にして通りを行き、一本目の横町を右に折れた小間物屋の脇に木戸口があった。

大家を訪ね、勘助の塒の案内を頼んだ。千が、聞かなくとも分かっているのにさ、と頬を膨らませていたが、聞こえない振りをした。てめえが端からお調べを手掛けた訳ではない。勝手に勘助の借店に上がるのは憚られた。

先に立った大家が、近頃は物騒になりましたね、と呟きながら腰高障子を引き開け、横に退いた。荒れた部屋が目に飛び込んで来た。ひどい散らかりようだった。敷布団に掻巻、枕屏風に神棚、風呂敷に着物、何から何までが散乱していた。家捜しをした跡と思われた。

「これは、誰が？」

「勘助を殺した下手人ではないか、と思いますが」

「親分たちではないのだな」

「富五郎親分がいらした時には、既にこのように」

「何か探したらしいが、見当は付かないか」

「さあ」

「荒らされたのはいつ頃か、分かるか」

「隣の者の話ですと、昨夜物音がしていたそうで。五ツを回って、五ツ半は越えない頃合と存じます。恐らく勘助さんを殺めた直ぐ後家捜しに来たのでは、と富五郎親分も仰しゃっていました」

「誰か、その頃路地に出ていて家の中を覗いたとか、ねえのかい？」

「おりません」

「隣の者は？」

「商いに出ております」

「何をやっていなさる？」

「鼻緒屋でございます」

下駄の鼻緒は二足で三文。利幅の薄い商いだった。

「名は」

「佐助です」

「こちら側かい」右隣を指さした。大家が頷いた。

「あっちには誰か入っていなさるのか」左隣を指した。

「おりますが、酒に酔ってて、何も覚えていないとか」

「いつも飲んでいるのかい」

「酒っ気が抜けたことのないという男でして」

「何て名だ」

「磯吉ですが、みな酒吉と呼んでいます」

「商売は」

「樽買い、を」

酒や醤油の明樽を買い集め、問屋に転売するのだが、中には干してある明樽を盗んで行く不埒な者もいた。これもまた、得られる金子の高は知れていた。

「よくそんなに金が続くな」

「だから、店賃は滞るし、人にたかるんですよ。評判がよろしくなくて、困っております」

「大家も大変だな」

「はい」

「佐助はいつ頃帰って来る？」

「追っ付け戻って来るはずです」

「勘助と親しくしていた者は」

「ここに、でございますか。おりませんでしたね」

「ありがとよ。手間を取らせたな。申し訳ねえが、中で待たせて貰ってもいいか」

「はい。どうぞ、ご随意に」

座敷に上がって、薄縁ではなく畳が敷いてあるのに気が付いた。

長屋では、家具と畳は自前であつらえねばならない。独り者の掏摸が、寝に帰るだけの家に畳を敷くとは驚きだった。千の蔣がどうなっているのか、聞いた。

「風邪引くと指先が狂うからね。あたしらは、寝るところと食べるものにはお足を使うのさ」

「成程のう」日根が感心している。

左右吉は二人に構わず座敷に上がると、家の中を見て回った。これと言ったものはなさそうだったが、探すしかない。

「上がってもよいか」日根が聞いた。

「……どうぞ」

「何を探せばよいのだ？」日根は刀を鞘ごと引き抜くと、腰を屈めて座敷を見渡した。

「それが何なのかは分かりやせんが、似つかわしくねえもんがあったら教えて下さい」

「承知した」

千は入り口の柱に寄り掛かりながら土間に立ち、二人の動きを目で追っている。日根は細かな質(たち)なのか、厄除(やくよ)けの紙の裏まで覗いている。しかし、何も見付かりそうになかった。

「お千」突然、左右吉が声を掛けた。

「何だい？」

「掏(す)った金をどこに隠す？」

「あたしがどこに隠そうと勝手じゃないか。どうして、そんなことを聞くんだい？」

「勘助は、どこに隠したと思う？」

「あっ」と言って、千の視線が畳の縁(へり)を漂った。

「どうやら畳を敷くのは、寒いからってばかりじゃなさそうだな。金に困ったら、お前ンとこの畳の下を探すことにする」

頰を膨らませている千を尻目に、左右吉は日根に手伝いを頼んだ。散らかっているものを片隅に寄せ、一枚ずつ畳を上げた。普段ならば敷布団を畳んでおく奥の隅の畳の裏に、一分金が一枚落ちていた。

「持って行かれたのか、それとも蓄えはなかったのか。どっちだ？」千に聞いた。

「あいつは遊冶郎だから、たくさん稼げば、結構使っちまうってところはあったね。いいお召しを着て吉原に繰り出したりしてさ。だからって、これっぽっちの金ってことはないよ」

「ならば、盗られたんだな」左右吉が言った。

「そのために殺されたのであろうか」

「そうかもしれやせんが……どうも、引っ掛かるな」

半刻（約一時間）程して佐助が商いから戻って来た。

木戸口で佐助の帰りを待ち受けていたのか、大家が付いて来て、お話しするように、と口添えをした。

「疲れて帰って来たところをすまねえな」左右吉は下手に出た。

「いいえ、と答えはしたものの、佐助の声はいかにも面倒くさげだった。左右吉は、佐助が鼻緒の入った箱を家の中に仕舞い終えるのを待って聞いた。

勘助が殺された夜、何か物音を聞いたってことだが、話しちゃくれねえか。

「何かごそごそという音がしていたのを聞いただけでして、それ以上は……」

「気配で人数は分からねえかな」

「一人ではなさそうな音でした」

「顔は？」

「見ておりません。顔なんか見て、因縁を付けられても敵いませんしね」

聞き出せたのは、それだけだった。礼を言い、佐助の家を出たところで、大家に磯吉が帰るまで待たせて貰いたいのだが、と申し出た。大家は、無駄骨だと思いますがね、と余計なことを言って家に戻って行った。

「これでは何も分からぬな」日根が顎鬚を抜きながら言った。

「お千さんよ、使い立てして悪ィんだが、酒を買って来てくれねえか」左右吉が言った。

「お足は？」

「お前さん持ちだ」

「誰が飲むんだい」左右吉を見た。

「俺じゃねえよ」

「旦那かい」日根を見た。

「こっちの奴のだよ」左右吉が左隣の壁を顎で指した。

「何であたしが、飲んだくれのために払うのさ」

「聞き出すためだ」

「だって酔っ払っていて分からないんだろ」

「それが本当ならな」

「どうしてそんなことが言えるのさ」

「壁を見てみろ。小さな穴が空いている。恐らく、覗いているんだよ」

「何で男が男を覗くのさ」

「銭勘定しているのを、か」日根が聞いた。

「勘助が隠した銭をくすねたかもしれねえぞ。ってことは？」

「もしかしたら、見ていたかもしれないか」日根が言った。

「そんな奴の口を開かせるには、酒だろうな」

「買って来るよ。下り物のいいのをさ」

「頼むぜ」

千が駆け出して行った。

「成程な。御用聞きってのは鼻が利くものなのだな」

「外れているかもしれませんがね」

四

磯吉が長屋に戻って来たのは、六ツ半を回った刻限だった。

長屋の木戸は暮れ六ツになると閉められる。それ以降は、大家か月番の店子に開け貰わねばならない。

木戸を叩く音に気付き左右吉が顔を出すと、大家が頷いて見せた。磯吉だった。

酒を飲んでいないのか、飲み足りないのか。そこまでは分からなかったが、足取りはしっかりとしていた。

あばらの浮いた薄い胸を掻きながら、ひどくつまらなそうに路地を歩いて来る。左右吉は勘助の家の戸口を出、磯吉の前に進み出た。

磯吉が目の前に現われた男が何者なのか、思い出そうとしている。顎に手を遣り、眉根を寄せた。

「磯吉さん、てのは、お前さんだな」

「誰だ、てめえは？」

「向柳原の富五郎んところの左右吉ってもんだが、勘助のことでちいと聞きたいんだが」

「何も知らねえよ」

「そう言わずに、咽喉を湿らせて思い出してくれねえか」

「湿らせる？」磯吉の顔から険しさが消えた。

「お千」

「あいよ」千が貧乏徳利を持って現われた。

磯吉の目が千と徳利を行き来してから、左右吉に向けられた。

「賽の目に嫌われて、おけらになっちまってんだ。ありがてえな」

「ここでは何だ。上がらせてくれねえか」

「構わねえよ」

磯吉は腰高障子を開けて土間に入ると、手早く上がり、暗がりの中で湯呑みを並べている。

「明かりはねえのかい？」

「あるが、臭えんだ。点けるのか」

「暗いよりいいだろう」

「面倒だな」

磯吉は、火打ち箱を引き寄せると、火打ち石を火打ち金に打ち付けた。鉄の小片が火の粉となって火口に落ち、火種が出来た。磯吉は素早く付け木に火を移すと、行灯の灯心を燃やした。家の中が仄かに明るくなったが、魚油の生臭いにおいが立ち上った。

左右吉は千から徳利を受け取り、磯吉の湯呑みに注ぎながら聞いた。

「勘助とは親しくしていたのか」

「俺は堅気だからな、親しくってことはなかったな」

「わざわざ堅気と言うからには、勘助が何をしていたのか、知ってるんだな？」

「隣だし、町で見掛けることもあるからな」

「訪ねて来る奴とかいなかったか。昨日に限らなくていいんだが」

「いなかった」磯吉が首を横に振った。「俺と奴のところは、客はなかったな」

「昨日、勘助んところが家捜しされていたんだが」

「そうらしいな」

「どんな奴だった？」左右吉が尋ねた。千と日根が顔を見合わせてから、左右吉を見た。

「いや、俺は知らねえよ」

「見た者の人相だけでいい、教えてくれねえか」

「だから、知らねえと言っているじゃねえかい。くどいな、おめえさんもよ」

左右吉が立ち上がって、土壁に飯粒で貼ってある、墨で黒く塗り潰した紙をめくった。辛うじて、ぽつんと米粒程の大きさの穴が空いているのが見えた。

「ここから、見ていたんだろ？」

「…………」聞こえなかったのか、磯吉は黙って飲んでいる。

「自身番か、そこで済まなければ八丁堀の旦那に頼んで、お前さんが話してくれるまで、奉行所の方に呼び出して貰っても構わないんだぜ」

「俺だって構わねえですぜ」

「そうかな」左右吉が鼻の先で笑った。

「……何でえ？　気に入らねえな。何か文句があるのかよ」

「金を盗んだだろう、畳の下から」

「……知らねえよ」明らかに心が揺れ騒いでいる。見逃す左右吉ではない。

左右吉は諭すようにして磯吉に言った。

「そのことを聞きたいんじゃねえんだ。勘助の金なんぞ、どうでもいいんだ。俺たちが知りてえのは、隣で家捜ししてた連中のことだ。どうだ、話しちゃくれねえか。奉行所で話すより、ここで楽しく酒を飲みながら話しちまった方が、身のためとは思わねえか」

「参ったな」また胸を搔いている。

「人相をしっかり覚えていたら、あの姐さんが」と言って、千を目で指した。

「酒をもう一升くれるとよ」

「本当か」

「約束だよ」千が請け合った。

「……二人組だった。ありがてえことに、行灯に火を入れてくれたお蔭で、面も拝めた。隣は菜種油を使っているんでさあ。灯心もけちらず長く搔き立ててね」

「年の頃は」

「三十くらいのと、十七、八の若僧だったな」

「どんな奴らだ」

「若僧の方は、ごくありきたりの奴だ。三十くらいの奴の頬には、こう、傷があった」

磯吉が、右の頬をすうっ、と指先で撫でた。

「名を呼び合っちゃいなかったか」

「おい、へい、と言うだけで、何も」

「探し物は見付かったのか」

「散々ひっくり返した後で、若僧の方が脱ぎ捨ててあった着物の袖を裏返しにしたところで、兄ぃ、見付けた、って。小さな紙っぺらだったよ。傷の方がさっと読んで、これだ、とか言ってたから、間違いねえ」

あっ、と磯吉が叫んだ。

「名前を言ってた。若僧が見付けた時に、でかしたぞ、カツ、って」

「カツ？　よく思い出してくれたな。酒、二升にするぜ」

「いやあ、覗いてみるもんだな」磯吉が拳で涎を拭く真似をした。

宵五ツを回っていたが、《汁平》に向かった。《汁平》は、まだ開いている刻限だった。案の定、近くのお屋敷の中間どもが声高にしゃべっている。捕物の相談をするには好都合だった。

左右吉は千と日根を隅に誘うと、酒と肴を頼んだ。蓑吉は、三人の姿を見ても、どうだったと尋ねようともしない。話したければ、話すだろう。聞かせたくないのならば、わざわざ聞く必要はない。そんな蓑吉の自在な有り様が、左右吉の足を自然と《汁平》に向かわせているのかもしれなかった。

酒と肴が来た。肴は、汁たっぷりの煎豆腐に溶き卵を掛け回したものと、小魚を炙ったものだった。熱燗と温かな煎豆腐が、夜道を歩いて来た身体に沁みた。

「美味しい」千が、取り鉢を両の掌で包んでいる。

「これから」と日根が聞いた。「どうするのだ？　頬に傷があると分かっても、それだけでは雲を摑むようだ。江戸にはそんな男はごまんとおるのではないか」

「おりやす。でも、人を殺して、家捜しするようなのは、限られておりやす」

「ではあろうが、其の方一人で探すのであろう？」

「まさか、そんなことはいたしやせん」

「私も、か」

「旦那には無理ってもんで。江戸の裏の裏に詳しくねえといけやせんので」

「今更なんだけどね」千が、手酌で飲みながら言った。「親分に通しておいた方がいいんじゃないかい。傷の男を探すのにも人手は要るし、見付けたら、親分から八丁堀の旦那に引き渡すってことになるんだろ？」

「そのことだが、親分は難しい人で、ここで話を持って行っても、『俺の調べじゃ気に入らねえのか』と臍を曲げられるのが落ちだろう。もう少し、確かなところを摑んでからにしたいんだが、それでもいいか」

　左右吉が千に聞いた。

「そりゃ構わないけどさ。それで見付けられるのかい」

「多分な」

「聞かせておくれよ。どうやるのか」

「私も聞きたいものだな」

「仕方ねえな」左右吉は、銚釐の酒を盃に注いで一口で飲み干すと、千に聞いた。「江戸に掏摸は何人いる？」

「何だい、突然」千が、小声になった。「そんなの分かるはずないじゃないか」

「お江戸の町の数が一千と七百。一つの町に一人なら千七百人、二人なら三千四百人だ。それを束ねているのが十人の元締。殺されたのは掏摸だぜ、元締に頼んで探して貰うのよ」

「元締って、皆に頼むのかい？」

「そうしたいが、そんな力は俺にはねえ。まずはお前のところの元締からだろうな……」

「じゃあ……」

千の唇が開いて閉じた。と・び・う・め、と綴っていた。

掏摸の元締・梅造。巧みな指使いと身軽なところから、付いた呼び名が飛梅。若い頃から、ただの一度もお縄を受けたことのない名人と言われている掏摸だった。

鎌倉河岸と昌平橋の中程にある蠟燭町で舂米屋をやりながら、日本橋北から内神田一帯を縄張りとしている。

「何だ？　どうしたのだ？」

日根が聞いた。左右吉が掻い摘まんで話した。

「力添えを頼めそうなのか」

「お千さんが勘助のために動いたように、御用聞きが殺されたとなれば、あっしどもだってとことん下手人を探しやす。それが仲間ってもんでやすからね」

「成程の」

「でもさ、どんなにこっちが一所懸命やったって、最後になって、親分が腰を上げないなんてことはないんだろうね」

「その時は、火盗改(かとうあらため)に持ち込むだけだ。心配するねえ」左右吉が言った。

「其の方は、火盗改にも顔が利くのか」日根が盃を宙に浮かせたまま聞いた。

「与力の旦那が付いているんだよ。命の恩人のね」

「いいじゃねえか、そんなことは」左右吉が荒い口調で千を叱(しか)った。

「あいよ」

千が日根を見た。日根は、気付かぬ振りをして小魚を食い千切(ちぎ)っていた。

「元締ンところだが、一緒に行くか」

「稼ぎが悪いから、敷居が高いんだよ」

「分かった」

「すまないね。勘助のために動いて貰っているのにさ」

「気にするねえ。下手人を探すのは俺の務めだ」

突然、皿の割れる音がした。煮物が畳の上に飛び散っている。中間どもだった。笑い声を上げ、雪に片付けるように言っている。

座敷に上がろうとした雪を蓑吉が止めた。

「いい加減にしねえか。野中の一軒家じゃねえんだ」低く抑えてはいたが、鋭い声だった。

「銭ィ払えばいいんだろうが」

「そんな言い草が通る店に見えるか」

蓑吉が睨(にら)んだ。その目には、相手を射竦(いすく)めるような強さがあった。

苦し紛(まぎ)れに突っ掛かろうとした、血の気の多そうなのを、別の中間が制した。

「悪かった。堪(こら)えてくんな」

「分かりゃいい。銭払って出て行け」

蓑吉が顎で腰高障子を指した。

「凄(すご)い貫禄だな」日根が、左右吉に囁(ささや)くように言った。

「飯屋の親父になる前は、何をしていたんですかね」

「探ろうなどと思うでないぞ。誰にでも知られたくない事情(わけ)というものがある」

左右吉は、日根を見た。日根も左右吉を見た。千は、煎豆腐の汁をゆっくりと飲んでいた。

第二章　壁どなり

一

三月八日。朝五ツ（午前八時）。

蠟燭町へと向かっていた左右吉の足許を、妙に温い風が吹き抜けて行った。嫌な風だった。雲行きも怪しい。一雨来る前に片付けてしまおうと足を急がせた。

元締の梅造には、向柳原の親分のお供で二度ばかり会ったことがあった。配下の掏摸の行方を追っていた時のことだった。

そんな奴ァ知らねえな。

その一言で、後は頑として口を開こうとはしなかった。こけた頰に目玉だけがぎらぎらとしている男だった。

表向きの稼業は、女房が切り盛りする舂米屋であったが、七年前に女房を亡くしてからは、掏摸稼業から足を洗った者に店を任せ、自身は元締として縄張りに睨みを利かせていた。

舂米屋の《常陸屋》に近付いた。玄米を唐臼で舂いている音が聞こえて来た。注文に応じて、土間に埋め込んだ臼に入れた玄米を、横木に載せた杵で舂き、精米するのが舂米屋の仕事だった。掏摸を生業とする亭主を持ってしまった女房だからこそ、日々の方便のために地道なものを選んだのかもしれない。女房の心意気が音に籠もっているような気がした。

「邪魔するぜ」

杵を踏む若い衆が、足を止めた。帳場には、六十を疾うに越えている年回りの老爺がいた。顔に見覚えがあった。随分と以前に、盛り場で見掛けたことがあった。老爺が左右吉を見つめている。老爺も左右吉の素性を見抜いているらしい。

「何度、捕まった？」

「三度」

「足を洗ったのかい」

「……見れば分かるだろう」

掏摸は四度捕まると、死罪になる。三度目までに改心すればよいが、余程のことがないと止められない者が多かった。

「何よりだ。掏摸で長生きした奴はいねえからな」

「そんなことを言いに来たのか」

「俺はそんなに暇じゃねえ。元締は、いなさるかい」

「どちらさんでしたっけ？　年で名が思い出せねえんだ」

「向柳原の富五郎ンところの左右吉が来た、と伝えてくんな」

「何でえ、下っ引かい。でかい顔しやがって」

老爺が、若い衆に耳打ちした。男は、裏から外に飛び出して行った。それと同時に、地面に黒い染みがぽつぽつと出来たかと思うと、屋根が鳴り、あっと言う間に通りが雨の飛沫で掻き消された。

「どしたい？」

待つ間もなく、番傘を差した元締の梅造が裏から飛び込んで来た。濡れた裾を叩いている。若い衆が続いた。

「ご多用のところを相すいやせん」

左右吉は膝に手を当てた。

「町方が何の用でえ？」

「久右衛門河岸で殺された勘助のことでちょいと」

「おめえさんの親分は、仲間割れだと思っているようだな？」

「よくご存じで」

「そんなことも知らねえで、元締が務まるとでも思っているのか」梅造は、ふん、と鼻を鳴らすと、「おめえも、そう思っているのなら、帰れ」と言って、若い衆に傘をくれてやれと命じた。

「決め付けるところなんざ、向柳原の親分にそっくりですぜ」

「どういうこった？」

「勘助の塒を家捜しした者がいるんですよ。勘助が冷たくなった後に」

「聞いてねえな」

「そいつを探してほしいんです。顔も大まか分かっておりやす」

「俺に、探せってのか。それじゃ、てめえは何のためにいるんでえ？」

「元締とは、この世の裏を見ている年季が違いやす。それに……」

「何だ？」

「蛇の道は蛇、と言いやすからね」

「掏摸のことは掏摸に、ってか」

「下手人が掏摸だとは思っちゃおりやせんが、お顔の広さに縋りたいんでさ」

「親分の気が変わったのか」

「親分は何も知りやせん。てめえ一人の裁量で参りやした」

「御用聞きってのは、それで通るのかい?」

「多分通らねえでしょうねぇ」

梅造は、凝っと左右吉を見てから、上がれ、と言って、奥へ入って行った。

左右吉は尻っ端折っていた裾を下ろすと、帳場格子を抜け、長火鉢を挟んで梅造の前に座った。梅造は煙管に煙草を詰めている。灰を掻き分け、埋み火を熾した。小さな火の粉がぱちんと弾けたところで火を点けると、濃い煙の固まりを吐き出した。

「家捜しした者が、勘助を殺したのか」

「それは分かりやせんが、殺していなくとも、下手人を知っているはずだと考えておりやす」

「探してもいいが、もしそいつが掏摸だったら、密かに殺して埋めちまう。それでもいいんだな」

「掏摸じゃございやせん」

「何か証(あかし)でもあるのかい」

「勘助は蓄えを畳の下に隠しておりやした。これはご同業の方がよくやることです」

「………」

「しかし、家捜しした者は気付きませんでした。別のところで探し物を見付けたこともありやすが、もしご同業の方ならば、いの一番に畳の裏を見たはずです」

「勘助の蓄えは？」

「隣の者が掠(かす)め取りやした」

「掏摸の上前(うわまえ)をはねるたァ、油断のならねえ世の中だァな」

「まったくで」

「教えてくんな。その家捜しをしていた奴のことをよ」

「二人組だったそうで」

　年は三十前後と、十七、八。三十前後の者の右頬に傷があり、若い方はカツと呼ばれていたことを話した。

「こいつは敵討ちだ。江戸中の元締に触れを回し、総出で探し出してくれるから、後は頼んだぜ」

「必ず」

吹き降りの雨が、縁側を濡らしている。

「おめえさん」と梅造が言った。「御用聞きの前は何をしていなすった?」

「お恥ずかしい限りですが、地回りと連んで悪さをしておりやした」

「どの辺りだか、話せるかい」

「あっしがして来たことです。隠すつもりはござんせん。浅草、本所、深川、鮫ヶ橋……、きりがありやせん」

「鮫ヶ橋か、思い出すぜ」梅造は、鉄瓶の湯を急須に注し、二つの湯呑みに注いだ。

鮫ヶ橋は、紀州徳川家上屋敷の西にあり、岡場所で悪名を馳せていた土地だった。左右吉は、二十歳の頃、そこで半年程暮らしていたことがあった。

「だったら、鮫ヶ橋は詳しいだろうな」

湯呑みを一つ、左右吉の前の猫板に置いた。左右吉は礼を言って手を伸ばした。

「使いっ走りでしたので、詳しいって程ではござんせんが」

話の先行きが見えないので、左右吉は誤魔化した。

「《真砂屋》って店に、覚えはねえか」

見掛けは汁粉屋だったが、金を払えば座敷の女中を外に連れ出すことの出来る店だった。そのような店だから、客との間に絶えずいざこざがあった。《真砂屋》に留まらず、左右吉らの出番は、文句を言う客を黙らせることだった。《真砂屋》は、左右吉が鮫ヶ橋を離れた二月後に焼け落ちた。

「ございやした。大層繁盛しておりやした」

「お勢という女がいてな。ぞっこんだったのよ」

四十年前の話だ、と梅造が言った。

「あっしは、まだ生まれてもおりやせん」

「そうかい。桜が好きな女でな、毎年花見に行ったもんだぜ。胸を患って死んじまったけどな」梅造は、茶を啜ると聞いた。「おめえさん、花見には行きなさる口かね」

「必ずってことはござんせん。気が向いたらとでも申しましょうか」

「そりゃあ、悪ィ料簡だ。花見は行きなせえ。今年ぁ、もうあらかた終わっちまったろうが、彼岸桜を見るなら東叡山、枝垂桜なら谷中、八重桜と来れば御殿山……。たっぷり楽しめるぜ」

「人込みだから、いい稼ぎになるってことじゃねえんですかい」

「雑ぜっ返すんじゃねえよ」梅造は苦笑混じりに手を振って見せたが、目許は笑っていなかった。元締の顔だった。

「申し訳ございやせん」左右吉は真顔になって答えた。

「よく勘助のことを調べてくれたな、礼を言うぜ」

「とんでもねえこって。これがあっしどもの稼業でございやすから」

「俺はおめえさんを信じるぜ。蛇の道は、ってところを見せてやるからよ。楽しみに待っていてくんな」

「お願いいたしやす」

「おめえさんに知らせるにはどうすりゃいいか、教えてくんな」

左右吉は、お半長屋と《汁平》の場所を教え、それでも見付からない時には、と千の名を出した。

「お千さんに伝えて下されば、あの人は勘がいいですから」

「お千か。あいつとおめえさんとは、何かあるのかい」

「浮いた話はございません。ただの顔馴染(なじみ)って奴で」

千に頼まれて調べ始めたのだ、と言おうかと思ったが、ならばなぜ来ない、と言われても困るので、止めておいた。

「掏摸と町方では釣り合わねえか」梅造が、掬(すく)い上げるような目をして言った。

雨が降り抜け、薄日が顔を覗(のぞ)かせ始めている。潮時だ、と思った。左右吉は、暇(いとま)を乞(こ)うた。

二

昼四ツ（午前十時）。

左右吉は横大工町(よこだいくちょう)から銀町(しろがねちょう)、多町(たちょう)から連雀町(れんじゃくちょう)と通り、八辻ヶ原(やつじがはら)を抜け、昌平橋を渡った。そのまま真(ま)っ直(す)ぐ行けば池之端(いけのはた)から不忍池(しのばずのいけ)に至る通りを、明神(みょうじん)下(した)で右に折れると、下谷御成(したやおなり)街道に行き当たる。その一帯が神田旅籠町(はたごちょう)一丁目で、左右吉の通っている佐古田流の道場があった。

佐古田流は、富田流小太刀(こだち)を会得(えとく)した慈斎(じさい)佐古田釜之助(かまのすけ)が興(おこ)した流派で、左右吉が火盗改方(かとうあらためかた)の筆頭与力・笹岡只介(ささおかただすけ)の勧めで道場に通い出した頃は、しばしば竹刀を持って道場に立っていたが、今は師範代の名塚隆一郎が高齢の慈斎に代わって門弟たちに稽古を付けている。

武者窓から、門弟たちの気合が迸り出、通りに響いていた。左右吉は門を潜ると裏に回り、勝手口から土間へと入った。

下働きに雇われている兼が、左右吉の姿に相好を崩した。目顔で水瓶を指している。汲み置きの水が底をついたのだろう。年の行った兼には、水運びは重荷だった。

「いつもすまないね」

兼から桶を受け取り、井戸と台所を行き来した。十二往復で瓶が満ちた。

「助かったよ」兼が雑巾を床に置いた。

「造作もねえこった。何かあったら、言い付けてくんな」

左右吉は雪駄を脱いで、雑巾で足を拭きながら答えた。

台所から廊下を伝い、道場に入る。それが、武家ではなく、町屋の者が剣術を習うことへの遠慮だ、と左右吉は思っていた。

左右吉は一礼して道場の敷居を跨ぐと、隅に座り、稽古を見た。

大名家や旗本家の家臣が組太刀の稽古をしていた。打ち落とされた竹刀が道場の向こう隅の羽目板まで転がって行った。

「何だ何だ、軟弱者めが、それで稽古をしているつもりか」

荒い声を張り上げているのは、譜代の大名家で馬廻役(うままわりやく)を務めている赤垣鋭次郎(あかがきえいじろう)だった。

左右吉が通い始めた頃、町屋の者のくせにと、散々に打ち据(す)えられたことがあった。

赤垣の声で、一瞬稽古の手が止まった。何人かの者が左右吉に気付いたが、直ぐに無視した。今日始まったことではなかった。かつては町屋の者も何人か稽古に来ていたのだが、左右吉以外の者は皆いたたまれずに辞めていった。

一人残った左右吉は、黙々と稽古を重ねた。己が強くなれば、無視出来なくなる。その時の相手の顔を見てやろうと思った。己の腕が少しずつ、だが確実に上がっていくのが分かった。

誰にも相手にされず、一人道場の隅に座り続けた日も、へこたれなかった。他の者の動きを覚えて帰り、杭(くい)を相手に見立て、打ち込みの呼吸を計ろうと励んだ。そのやり方を教えてくれたのは、名塚隆一郎だった。

間近で床板が鳴った。振り仰ぐと、師範代の名塚がいた。

「ご無沙汰申し上げておりやす」

喜連川に出立する大分前から来ていなかった。

「御用繁多であったか」

「そのようなもので」

「今日はみっちりと稽古をして行くつもりで参ったのか」

「それもございますが、教えていただきたいことがございまして」

「分かった。後で聞こう」

「ありがとう存じます」

「稽古をするならば、相手が必要だな」

名塚は手を叩いて稽古を止めさせると、赤垣の名を呼んだ。

「どれ程腕を上げたか見てやれ」

「私が、ですか……」赤垣が、迷惑そうに眉間に皺を寄せた。

「左右吉は、昔の左右吉ではない。侮るとひどい目に遇うぞ」

「承知しました」

赤垣は一尺八寸（約五十五センチメートル）の竹刀を手にすると、みしみしと床板を鳴らしながら中央に踏み出して来た。左右吉も竹刀を選ぶと前に出た。稽古をしていた者たちが、道場の隅に腰を下ろした。

「勝負は、一本。よいな」

赤垣に倣って左右吉も頷いた。

「始め」

名塚が足を引いた。

三間（約五・四メートル）の間合いで、左右吉は赤垣と向き合った。赤垣の目が細かく左右に揺れている。左右吉は膝を僅かに折り、腰を割ると、体勢を低くした。佐古田流にある構えそのものではなかった。左右吉が町方としての動きと結び付けて工夫したものだった。

「……下品の極みよ」

赤垣は口汚く罵ると、竹刀を強引に打ち付けて来た。左右吉は竹刀を受け流し、躱し続けた。赤垣は、左右吉が苦し紛れに打ち込んで来るのを待っているのだ。左右吉は打ち込むと見せて、身体を赤垣の足許に投げ出し、転がるようにして逃れた。

「……見苦しい。目障りだ」

立ち上がり、構えを整えている左右吉目掛けて、赤垣が床板を蹴った。足を踏み出すと同時に、手が跳ね上がり、脇が空いた。それが赤垣の癖であることを、左右吉は稽古を見て気付いていた。怒りに任せ、我を忘れたが故に生じた隙だった。その一瞬の隙を、左右吉は見逃さなかった。赤垣にぶつかるように飛び込んだ左右吉の竹刀が、赤垣の胴を横に払った。

「それまで」

名塚の手が左右吉に上がった。響動めきが、道場に満ちた。

(勝った……)

上達したという手応えはあったが、まさか赤垣鋭次郎から一本を取れようとは思ってもいなかった。門弟たちを見た。皆が一様に己を見ていた。嬉しさとともに、居心地の悪さが急に襲って来た。赤垣に一礼して、引き下がろうとした。

「まだ、だ」赤垣が叫んだ。「もう一本、やるぞ。師範代、お願いいたします」

赤垣が名塚に食い下がった。しかし、名塚の受け付けるところではなかった。

「見苦しいぞ。勝負は付いたのだ」

「しかし」

「皆もよく聞け」

私は見ていた、と名塚が門弟たちに言った。

「皆、左右吉が町屋の者だからと稽古をするのを冷ややかな目で見ていたであろう。進んで稽古をしようとする者はいないと言ってもよかった。私は、左右吉がどうするか、見ていた。左右吉はな、皆の稽古を見て身体の動きを覚え、一人で稽古を積んでいたのだ。私は左右吉と稽古をする度に、着実に腕を上げているのを知った。皆も、左右吉を見習うがよいぞ。百の素振りも大切だが、とことん見ることも稽古になるのだということをな。分かったら、いささか早いが、今日の稽古は仕舞いとする」

赤垣が名塚に背を向け、道場から出て行った。赤垣と同じ家中の者が後を追っている。

何人かの者が、左右吉の肩や背を叩き、大したものだ、見直したぞ、と言って、庭の井戸に向かった。汗を拭き、着替えてから帰るのである。

左右吉は、大急ぎで井戸に先回りして桶に水を汲み、雑巾の束を摑(つか)んで、道場に戻った。拭き掃除は、その日刻限に余裕のある者がすることになっていたが、左右吉は必ず加わっていた。

掃除を終えた足で、師範代の部屋を訪ねた。

「ご苦労であったな」名塚が、茶を飲むか、と聞いた。

「気付きませんで」

立ち上がろうとした左右吉を手で制し、名塚が急須の茶を湯呑みに注いだ。温い茶だったが、乾いた咽喉には美味かった。

「教えて貰いたいことがあると、言うておったが」

「その前に、今日は、ありがとうございました」左右吉が改めて稽古の礼を言った。

「勝ってしまったな」

「はい」

「いつも、赤垣に勝てると思うか」

「それは無理かと……」

「そうだ。今日は勝ったが、まだいつも勝てる腕ではない。どうして勝てたか分かるか」

「負けるはずがないと、思い過ぎておられたからではないでしょうか」

「よい目をしておるな。その目があると思うたからこそ、立ち合わせたのだ」名塚はにやりと笑って茶を飲み干すと、思い出したように聞いた。「して、教えてほしいこととは何かな？　私に分かることであろうか」

「このような構えをするのは何流だか、ご存じでしょうか」

左右吉は、その場で下段に構えると、脇を擦り抜けるようにして斬って見せた。

「私には、それだけでは分からぬな」

日根が小塚原近くの立ち合いで見せた形だった。

「左様でございますか」

「先生ならご存じかもしれぬ。お尋ねしてみようか」

「お加減は、よろしいので？」

春先に引いた風邪が長引いていた。

「お床を払いたくて、うずうずしておられるわ。付いて参れ」

名塚が先に立って廊下を奥へと進んだ。

細く開けられた障子の向こうに慈斎の姿が見えた。敷布団の上で正座し、目を閉じていた。名塚は空咳を一つすると、

「よろしいでしょうか」と、片膝を突いて問うた。

「構わぬぞ」

名塚は障子を開けると左右吉を伴って入った。慈斎は、左右吉に目を留めてから、名塚に道場で何かあったのか、と聞いた。

「響動めきが起こっていたが」

名塚は、左右吉が赤垣との一本勝負で勝ちを拾った経緯を語った。

「赤垣が望んでのことなのか」

「いいえ、私が命じました」

「赤垣に慢心を悟らせようとした訳か」慈斎が、淡々とした口調で言った。「門弟たちは、そなたとは心の有り様が違うのだ。導き方を間違えると、可惜若き芽を摘み取ることにもなりかねぬぞ」

「まさか、そのような……」名塚が袴を握り締めた。

「町屋の者に後れを取った。その結果を真摯に受け止めてくれればよいが、つまらぬ矜持に邪魔されぬとも限らぬ。暫くの間、赤垣には注意するようにな」

「至りませんでした」名塚が、手を突いた。

「よいよい。そうやって、日々、門弟らと交わることで、得難いものを得ていくものなのだ。私がそうであった」

「先生が、でございますか」

「誰しも端から悟れるものではない。時には人を傷付けることでしか学べぬこともある」

慈斎は、枕許に置いてあった急須から薬湯を湯呑みに注ぎ、一口啜ってから言った。

「二人して参ったのは、何か用があってのことであろう？　何かな」

「実は、左右吉から、何流の太刀筋かと聞かれたのですが分からず、先生ならばご存じかと思い、お加減もよろしいようなので、連れて参った次第なのですが」

「見せてみなさい」

名塚が、左右吉に頷いた。左右吉は立ち上がり、日根の太刀筋を真似（まね）して見せた。

「うむ」慈斎は、大きく息を吐くと、「孤月流水神剣（こげつりゅうすいじんけん）に似ているな。いや、孤月流に相違なかろう」と言った。

名塚にしても左右吉にしても、孤月流という流派も水神剣という太刀筋も、初めて聞く名であった。

「若い時に、そうよな、まだ二十七、八であったであろうか、諸国を巡り歩いていた時に、常陸国（ひたちのくに）の外れで立ち合（お）うたことがあった」

胴を見事に取られてしもうたわ、と言って慈斎は笑うと、左右吉に孤月流がどうかしたのかと尋ねた。

「この剣を振るう者がいるとすれば、刃向こうてはならぬ。名塚なら、むざむざ後れは取るまいが、まずそなたの腕では勝てぬからな」

「人を殺めるところでも見たのか」

名塚の勘の鋭さにたじろぎそうになったが、左右吉は旅の途中で孤月流が立ち合うところを見たのだと話した。

「孤月流を遣うた者は、年の頃は幾つくらいであった？」

「三十四、五かと、見受けましたが」

「そうか……」

「何かお心当たりでも？」名塚が聞いた。

「いや、ない。私が立ち合うたのは、存命ならば私と同じ七十近い老人だからな」

「お名は、何と？」左右吉が尋ねた。

「風間……、風間幾四郎であったかな」

日根孝司郎とは関わりがなさそうな名であった。

三

　刻限は九ツ半（午後一時）になろうとしていた。少し遅いが、昼餉の頃合だった。

　下谷御成街道から向柳原までは、目と鼻の先である。刻限からして、富五郎親分らは家にはいないはずだが、万一いたとなると、飯時に合わせて行くのはためらわれた。

　――言うことは聞かねえ。使いっ走りはしねえ。それでも腹が減れば来るのかよ。

　口には出さなくとも、目がそう語っていたことがあった。

　神田相生町の蕎麦屋《悠庵》に寄ることにした。《悠庵》は、醤に大根の絞り汁を足したものを蕎麦汁に使うことで知られていた。

　左右吉は、鼻につんつん来る辛み大根の汁をたっぷりと入れた汁で蕎麦切りを手繰ると、長めの休みを取り、昼八ツ（午後二時）に佐久間町四丁目裏地にある富五郎親分の家の引き戸を開けた。

三月ばかり前、佐久間町から出火し、大川を越え、深川まで燃えるという大惨事があり、富五郎の家も燃え落ち、新築したばかりだった。木の香が、鼻に心地よかった。

「左右吉でございやす。帰って参りやした」

奥へ声を掛けると、かみさんの威勢のいい声が返って来た。

「お上がりな。他人じゃあるまいしさ」

かみさんの鶴は女髪結を生業としていた。腕がよいと評判で、一時期は家に居る暇がない程だった。その鶴が、このところ家にいるのが目立つようになったのは、昨年の冬、雪に足を取られて転び、腰を強く打ってからのことになる。

——踏んだり蹴ったりだよ。

というのが鶴の口癖になっていたが、それは三年前の十月に、女は髪を自分で結うように、という女髪結を廃業に追い込むようなお触れが出たからでもあった。しかし、そのようなお触れに従う程、江戸の町屋の者たちは初心ではなかった。鶴が行くのを待ち切れない者たちは、駕籠を迎えに寄越したりしていた。

「親分がお待ちだよ。早くお上がり」

「おいでで？」

「妙なこと言うね。いると思ったから来たんだろうにさ」

「へい……」

鶴に促されて、奥の六畳間に通った。

富五郎を囲み、繁三と弥五と平太が遅い昼餉を摂っていた。富五郎はちらと左右吉を見てから、箸を小鉢に入れ、蛸の煮物を摘まんでいる。

左右吉は膝を揃えて座り、頭を下げた。

「勝手を言って申し訳ありやせんでした。只今、戻って参りやした」

「変だな。昨日見掛けたって者がいたぜ」富五郎が摘まみ上げた蛸で左右吉を指した。

「すいやせん。ちょいと野暮用を片付けてましたんで、ご挨拶が遅れやした」

「するってえと、挨拶より野暮用の方が大事だったってことか」

「…………」

「ご苦労は言わねえぜ。てめえが好き勝手に行ったんだからな」

「承知いたしておりやす」

「で、どうだった？」

「無事送り届けやした」

「そうかい。まっ、おめえは疲れてるだろうから、休むといいぜ。用がある時は呼ぶからよ」富五郎は、蛸と飯を頬張ると、茶で流し込み、他の子分どもに言った。「出掛けるぞ」

富五郎は四十六歳、繁三は三十歳。二十五歳の弥五と二十一歳の平太は、二十七歳の左右吉より年下だった。しかも平太は、左右吉よりも後から手下に加わった者だった。

「いってらっしゃいやし」

左右吉は鶴の後ろに従うようにして皆を見送った。鶴が、振り向きざまに言った。

「無事着いたそうだね」

「へい」

「まずは、よかったじゃないかい」

豊島町の長屋で亭主と女房が相次いで病死し、八歳の女の子が一人残された。病が重くなる前に、女房は故郷である喜連川の老いた両親に文（ふみ）を書いた。育ててほしい、頼む、と。実父が迎えに来たが、年老いていた。老爺と孫娘の二人旅は、ひどく心許無く見えた。左右吉は、顔見知りだった夫婦のために、二人を送りたいと申し出、親分とぶつかった。

――てめえにはてめえの役割ってもンがあるんだ。今てめえに抜けられると、こっちが困るンだよ。

左右吉の昔の顔を伝(つて)に、深川の岡場所に潜(ひそ)み隠れている者を炙(あぶ)り出そうとしているところだった。喜連川に行く前に目鼻を付けようと焦った左右吉のせいで、目当ての者にまんまと逃げられてしまった。言うことは聞かねぇ、どじは踏みやがる、というので、富五郎の怒りは燻(くすぶ)り続けているのだった。

「あんたも大変だろうけどさ、親分子分となっちまったんだから、ここは我慢することだね」

鶴からは親分に内緒で、旅の足しにと小遣い銭を貰っていた。

「親分なんて言われて喜んでいるけど、あの男は、尻の穴が小さいんだよ。よろしく頼むよ」

茶を一杯馳走(ちそう)になってから、左右吉は富五郎の家を後にした。

取り敢(あ)えず、行くところはなかった。勘助の塒を家捜しした者を探したくとも、元締の梅造からの知らせを待つしかない。

新シ橋を渡り、柳原通りに出た。古着屋が、ずらりと軒(のき)を並べていた。

左右吉は、ふと懐かしい顔を思い出し、訪ねることにした。

江戸に来て間もない十六の時に、知り合った男だった。そいつは一つ上の十七歳。信濃の出だった。一年が経った頃、左右吉や当時連んでいた連中と袂を分かち、故郷の知り合いの伝で古着屋に奉公した。いつまでも、馬鹿やっちゃいられねえからな。それが、別れの言葉だった。再び会ったのは、四年前のことになる。柳原通りをうろついていた時に、その男、豊松に呼び止められたのだ。豊松は、小さな古着屋を一軒任されていた。

何だよ、御用聞きになるのかよ。

驚き呆れ、だが、喜んでくれた。それから、たまに顔を見に行くようになっていたが、このところは御用で動き回ることも増え、会うのは、半年振りだった。嫌われ者の御用聞きが足繁く出入りしたのでは、客足が遠退く恐れがあるかと遠慮していたのだ。

しかし、任されていた店に、豊松の姿はなかった。どこか、別の店に移ったのだろうか。店で働いている男に聞いてみた。

「確か、ここに、豊松さんってえ人がいたはずなんだが」

「何か」男が探るような、警戒するような目をした。豊松に何かあったに相違なかった。

手短に様子を聞くには、正体を明かすのが手っ取り早そうに思えた。向柳原の富五郎の手先だと名乗った。

「よく古着を世話して貰ってたので寄ってみたんだが、いねえんですかい？」

「いるもいないも、店の古着を他店に叩き売って、売上げを持っていなくなっちまったんですよ」

「いつのことで？」

「ほんの三月前です」

「知らなかった……」

「御奉行所に届けを出したそうですが、どこに潜り込んだのか、一向に捕まらないとのことで」

「金が要ることでもあったのかい？」

「さあ、どうでしょうか。全部売ったとしても、たかが古着ですからね。一生遊んで暮らせる訳でもないでしょうにね」

「我慢出来ねえ何かがあったのかもしれねえな。心当たりは、ねえのかい？」

「ある訳ないじゃありませんか」

憤然として鼻の穴を膨らませている。

「また寄るから、何かあったら教えてくんな」

「それは構いませんが、豊松をお探しなので？」

「別に探しちゃいねえが、あいつだけなんだよ、堅気になろうとしたのはな」

「……はあ？」

物言いたげな男に背を向け、左右吉は柳原通りを西に歩いた。

何があったんだよ？　堅気になるんじゃなかったのかよ。いつまでも馬鹿やっちゃいられねえと言ったのは、どこのどいつだ？　てめえだっただろうが。

無性に酒が飲みたくなった。飲んで飲んで、酔い潰れ、泥のように眠りたかった。

昌平橋を渡り、明神下を通って不忍池を回り、善光寺前町に出た。目と鼻の先にある感応寺の裏門一帯には、《いろは茶屋》と呼ばれる十数軒の茶屋を始めとする悪所が建ち並んでいる。

そこの地回りの下っ端となっていた二十の頃、半年程住んでいた長屋が善光寺前町にあった。店賃日払いの長屋で、二十文払えば一晩泊まれた。

入り口の四軒が埋まっていたが、その奥は空いていた。一番奥の家を借りることにした。大家は左右吉の顔を思い出しているのだろうが、何も言わなかった。

一晩の店賃を払い、路地で遊んでいる子供に銭を渡して、酒と肴（さかな）と薪（まき）を買って来させ、一人で酒を飲み始めた。

外が薄暗くなって来た。隣の店子（たなこ）から火種を借り、竈（かまど）に薪をくべ、明かりと暖を取った。

木っ端（こっぱ）を一本一本継ぎ足しながら、酒を飲んだ。

木っ端の端から泡が噴（ふ）き出し、やがて小さな炎が生まれた。炎を見つめながら、干した小魚を齧（かじ）り、酒を飲む。拳（こぶし）で口許を拭（ぬぐ）い、息を吐き、また飲む。木っ端をくべ、手を翳（かざ）した。炎が掌（てのひら）を赤く浮き立たせた。飲んだ。酒を飲んだ。どれだけ飲んだのか、口が痺（しび）れ、頭が痺れ、いつの間にか眠りに落ちた。

三月九日。

目が覚めた。床に寝転がっていた。身体の節々が痛んだ。

覗きに来た子供に、水を汲みに行かせた。気を利かせたつもりなのだろう、大振りな貧乏徳利になみなみと汲んで来た。微（かす）かに泥の味がしたが、乾いた咽喉（のど）には美味かった。

残った肴と薪を子供に与え、長屋を出た。

一夜が終わり、新しい一日が始まった。

待ってろよ、豊松。そのうち必ず見付け出してやる。おめえに何があったのかは、その時たっぷり聞かせて貰うからな。

蠟燭町の舂米屋《常陸屋》を訪ね、掏摸の元締の梅造に、頬に傷のある男が見付かったか否か聞こうとしたのだが、外出をしていた。

一人で米を舂いていた老爺が、茶を淹れてくれた。ありがたく馳走になってから、お半長屋に戻った。日根の腰高障子を叩いたが、いなかった。

留守中に誰か訪ねて来なかったかと、日根とは逆隣の店子に聞いたが、誰も来た形跡はなかった。

敷布団に包まっているうちに寝てしまい、気が付くと夕七ツ（午後四時）の鐘が鳴っていた。鐘に併せて、腹の虫が鳴った。

考えてみると、朝から水と茶しか飲んでいなかった。

《汁平》へと向かった。

大工など出職の者は仕事仕舞いが七ツ半（午後五時）頃なので、姿が見えなかったが、夕七ツには上がる居職の者で店の中は賑わっていた。

左右吉は片足を土間に残したまま尻だけ座敷に腰掛けると、仲居の亀に、飯にしてくれ、と言った。

「腹ァ減っちまって動けねえ」

「お酒は？」

「いらねえ」

「あらっ、珍しいね」

亀が厨の蓑吉に注文を通しながら、折敷と丼を片付けている。亀の頭越しに浪人風体の者の斜め後ろ姿が見えた。日根のようだった。肩の動かし方から察するに、酒を飲んでいるらしい。

声を掛ければ、酒を付き合うことになるだろう。それも面倒だったが、一人で飲んでいる邪魔をしたくもなかった。一人で飲むことも必要なことは、知り過ぎていた。

丼が来た。小松菜と油揚げの煮物に浅蜊を加え、たっぷりの煮汁とともに飯に掛けたものだった。

煮汁を啜った。出汁に酒と醬油を注し、味醂と塩で味を調えてあった。腹のど真ん中にすっと落ちていった。

「美味いだろ？」亀が聞いた。

「沁み渡るってのは、このことだな」

もう一口飲み込んでから、油揚げと小松菜を口の中に放り込んだ。荒っぽく二、三度噛み、また煮汁とともに流し込む。

ふう、と息を継いでいるところに、弟分の平太が店に入って来た。呼んでやろうかと見ていると、仲居の雪に合図をしている。

雪が頷き、座る場所を目で教えた。平太が雪駄を脱いでいる。

そうだったのか。

平太と雪を結び付けて見たことはなかった。

野暮天になるところだったぜ。

左右吉は飯粒を掻き込んだ。

「では、ごゆっくり」亀と静が、左右吉に挨拶をしてから、雪の名を呼んだ。

「後は頼んだよ」

雪とともに平太が二人を見、左右吉に気付いた。平太が頭を下げた。左右吉は頷き返した。

亀と静が土鍋を提げて、帰って行った。土鍋の中身は、今日の丼の具だった。

帰りを待っている亭主と子供と一緒に、飯に掛けて食べるのだ。

左右吉が丼を食べ終えたところに、平太が移って来た。真向かいに座りながら、頭を掻いていたが、そうだ、と言って、身を乗り出した。

「雨乞の兄ィ、昨日あれから、親分、怒ってましたよ」

「仕方ねえさ」左右吉は茶を啜った。

「あの、聞いてもいいっすか」

「女の扱いは、駄目だぜ」

平太は雪をちらりと見てから、誰が、と口を尖らせた。

「そんなこと、兄ィに聞きやすか」

「他に何があるってんだ?」

「俺、どうしても分からないンす。どうして親分は、兄ィを子分にしているのか。どうして兄ィは、親分の下にいるのか」

「何でだろうな」

笑って誤魔化したが、富五郎親分の親分、つまり伊勢町堀の大親分・久兵衛が断を下したことだった。

――富五郎、左右吉をおめえに預けるから、使ってみな。役に立たねえ時は返してくれればいいからよ。左右吉、おめえもだ。富五郎の下で辛抱してみな。

言われたのは、それだけだった。

富五郎は使い勝手の悪い左右吉を煙たがっていたが、悪所に詳しい左右吉を手放せないでいた。

「分からないっすよ」

「俺もだよ」

久兵衛の言葉は、平太ら下っ引には伝えられていないのだろう。だが、左右吉にはどうでもよいことだった。

「行くぜ」

「待って下さい。頼んじまったんで、食ったらお供しやすから」

「どこへだよ?」

「どこへでも」

「いらねえよ。俺は一人の方がいいんだ」

左右吉は、二人分の代金を置き、《汁平》を出た。

数歩歩いたところで、千とぶつかりそうになった。

「いいところで会ったぜ」

飛び梅の元締に、俺の居所が知れない時は、千に話を通しておいてくれ、と話した旨を伝えた。

「元締、何か言ってなかったかい」

「俺とおめえさんの間に何かあるのかって聞かれた」

「で、何て答えたのさ」

「浮いた話はねえ、とだけ言っておいた」

「……まあ、確かにね」

千に、どこへ行くのか聞いた。

「ここはどこだい？　《汁平》の直ぐ側だよ」

「今日の丼は極上に美味かったぜ」

「楽しみだね」

千は、両の手を袖に収めると、《汁平》の暖簾を潜って行った。

座る場所を探していた千が、日根孝司郎に気付いた。

手酌で酒を飲んでいる。

千は、雪に酒と丼を頼むと、日根の右脇に腰を下ろした。

「これは掏摸の姐(ねえ)さんではないか」

「掏摸は余計だよ」

「この前の時は馳走になった。礼を申す」

「改まって何だい。今日は奢(おご)らないよ」

「分かっておる」

「左右吉さんと飲んでいたのかい？」

「いいや、一人だ」

「今までいたのに？」

「一人になりたいようだったので、放っておいた」

「あいつは昔からそうなのさ」

「雨乞の兄ィと呼ばれていたが」

「誰に？」

日根は、丼を運んで来た雪と話している平太を目で教えた。

「あの者だ」

千が、富五郎親分のところにいる弟分だと言った。

「あの者に弟分がいるのか」

「そりゃあ、いるさね。でも、弟分より冷たく扱われているらしいよ。聞いた話だけど」

「…………」

《汁平》の主が、左右吉の顔を見た時、親分のところに行ったか、と聞いたことを思い出した。

「どうして雨乞と言われているのだ？　前にも耳にしたのだが、聞き損なってな」

「左右吉さんの生国は、相州は大山のふもとの村なんだ。大山つったら、雨乞だからね」

雪が銚釐に入った酒と盃に煮汁たっぷりの丼を運んで来た。

「ありがと」

千は、汁を啜ると盃に酒を注ぎ、一息に飲み干した。

「もっと詳しく、聞くかい？」

「秘密めいた話ではなかろうな」

「蓑吉さんだって知っていることだよ」

蓑吉は、明樽に腰掛け、煙草を吸っていた。洗い場に立っている銀蔵を雪が手伝っている。銀蔵は飯炊きで、年は蓑吉と親子程も離れており、髪に白いものが目立っていた。

「ならば、聞こうか」

「嫌だね、勿体ぶってさ」千は、もう一杯酒を飲むと、口を開いた。「十二年前、富五郎親分の親分に当たる久兵衛って大親分が、大山の石尊大権現にお参りに行きなすった。知ってるだろう、雨乞の神様のところさ」

「聞いたことはある」

大山は、古来相模国ひいては関東一円の総鎮護とされ、講を組んで江戸から参詣する者が引きも切らない。常に雲や霧が山上に湧き立ち、慈雨をもたらす「あめふり山」としても名高い霊山である。

「その時に、江戸の御用聞きだと知った左右吉さんが、子分にして連れて行ってくれと声を掛けたのがそもそもの出会いでね。左右吉さんは、十五だったたって話さ。まだ前髪立ちじゃねえかってんで、二、三年経ったらまた来るから、それまで気が変わらなかったら子分にしてやろう、と親分は答えた。だけどあいつは、その二、三年が待てず、手形もなく村を飛び出しちまった。江戸に着いたはいいが、西も東も分からない。そんな半端な奴の行き着くところは決まってる。悪所に屯する地回りくらいしか、相手なんぞしちゃくれない。ところが鼻っぱしらが強いもんだから、一カ所に長くはいられない。悪所から悪所へと渡る。そして二十一の時に大親分と出会した。何をやっている、来い、と連れ帰り、話を聞くうちに、見所があると見極めなさったのか、名代として子分の善六ってのを付けて、大山の親御さんのところに行かせ、改めて子分として貰い受けたんですよ。そして、当時一本立ちしたばかりの富五郎親分に預けた。それからは、大山の出だってんで、雨乞があいつの通り名になっちまったって訳ですよ」

「その親分のところから道場に通ったのか」

「あれは五年前になるかしら、辻斬りを追っていて斬られ、あわやというところを火盗改の与力様に助けられたんですよ。その助けてくれたお方が、己を守る術は身に付けておけ、と道場を教えて下さったと聞いてますけど」

「何でも知っているのだな」

「あいつは、心根のいい男なんだよ。親分の縄張り内の大店の息子が、茶屋娘を孕ませて、捨てようとしたことがあったんだけどどうしたと思う？　親分が止めるのも聞かずに、お店に乗り込んで、若旦那を殴る蹴るの上、親父から詫びの金をふんだくって茶屋娘に渡してやったんだ。お蔭で親分から大目玉食らったけど」

「嬉しそうではないか」

「そりゃあ、嬉しいに決まってる。そんな御用聞きなんて、聞いたこともなかったもの」

「感じ入ったらしいな」

「当たり前じゃないか。ご浪人さんもだろ？」

「まあな」

「まあって何だい」

「私は隣人に過ぎぬからな。軽はずみには言えぬ」

「つまんないね、二本差しは」

「すまぬな」

日根は銚釐を手に取り、千の盃に注いだ。

千は酒を飲むと、丼の飯を掻き込んだ。

四

三月十日。朝五ツ。

豊島町のお半長屋へ、千が騒々しく下駄音を響かせながら駆け込んで来た。

千は髪のほつれも気にせずに、左右吉の家の腰高障子を勢いよく引き開けた。

「いるかい？」

聞いた時には、もう目を見合わせていた。

「脅(おど)かすねえ、朝っぱらから」

左右吉は、竈の前に座り、火加減を見ながら飯の炊けるのを待っているところだった。

「あんた、まさか、おまんま炊いているのかい？」

「これが、何に見える？」

「情けないね。おまんまくらい外で食べな」

「俺だって、そうしたいが、金の入る当てがねえ以上、仕方あンめえ」

喜連川への旅で金を使い過ぎていた。それに、ここ暫くは親分から小遣いが入りそうもなかった。赤螺屋吝兵衛（あかにしやけちべえ）にならないと、二月後の店賃が危なくなりそうな気配だった。

「かもしれないけど、それどころじゃないんだよ」

「じれってえ奴だな。ごちゃごちゃ言ってねえで、何しに来たのかさっさと言っちまえよ」

来た用を思い出したらしい。千が、元締から、と慌（あわ）てて言った。

「知らせが入ったよ」

「どうして、おめえさんとこになんだ？　俺を探してもいなかったらと、注文を付けたんだぜ」

「昨夜（ゆんべ）、出掛けてた？」

「いいや、六ツ半（午後七時）には戻って、後はそのまんまだ」

千は小首を傾（かし）げようとして、

「そんなこと」と言った。「あたしが知っているはずないじゃないか」

「違（ちげ）えねえ。で、例の頰傷が誰だか、分かったってか」

「それこそ、知らないよ。とにかく、直ぐ来てくれって話だから」

千と左右吉の声は隣に筒抜けだったらしい。

「何だ、何があった？」壁の向こうから日根の声がした。
千は左右吉に、この長屋の店子は皆、怠け者だね、と囁くと、「付いといで」
「ただ飯食わした訳じゃないよ」と壁に言った。
日根の愚痴る声が聞こえて来た。
「あの飯代は、祟るなあ」
左右吉は斜め向かいの鳶の女房に、釜と竈の火の始末を頼み、千と日根ととも
に長屋を出た。木戸を抜け、通りに出たところで、三軒先の太物店の暖簾の陰
に、侍が立っていた。侍は日根の姿を見て、店の中に姿を消した。
左右吉は気付かぬ振りをして、千と日根を促すと、春米屋《常陸屋》へ急い
だ。
侍が尾けて来る気配はなかった。左右吉らが、町屋に囲まれた武家屋敷小路を
抜け、更に西へ進み、三島町を歩いている時だった。瀬戸物屋《萩の屋》の前
に人垣が出来ていた。
左右吉は人垣の後ろに着くと、爪先立ちして店の中を覗いた。
左の片袖をたくし上げた男が、欠けた茶碗を手にして荒い声を上げている。
「おまんまを食べようとしたら、ぽろりよ。縁起が糞悪くていけねえやな。験直

しをしなければ、とてもじゃねえがいられねえぜ」

左右吉は、誰だ？　と横の見物人に聞いた。

「このところ、あちこちのお店を食い物にしている安之助って奴ですよ」

「茶碗を買ったら罅が入っていたって訳かい」

そうだ、と見物人が答えた。

「野郎」掌に唾を吐き掛け、擦り合わせていると、袖をつんつんと引かれたので振り向いた。千だった。

「関わっている暇は、ないよ。行くよ」千が言った。

「待ってくれ」

「待てないね」

「俺は、ちいと懐不如意って奴なんだ。頼むよ」

「……仕方ないねえ」

千は答えると、通りを見渡した。他に、人だかりはなかった。ここが済みさえすれば、いいのだ。

「手早くね」

「分かっている」

言うや左右吉は、ずかずかと瀬戸物屋に入って行き、凄んでいた安之助の襟首を摑むと、有無を言わせず店の外へと引き摺り出した。

「何だ、てめえは？」

「うるせえ。ここはな、俺の知り合いのお店なんだ。今度、いちゃもん付けに来たら、てめえのことを調べ上げ、少しでも埃が出てみろ、小伝馬町に送るか、八丈に流してくれるから、そう思え。分かったか」

勢いに呑まれ、頷いた安之助に左右吉が、謝れ、と言った。お店の皆さんに嫌な思いをさせたんだ。

暖簾の間から外の様子を窺っていた店の者に、すまねえ、と安之助が叫んだ。俺の勘違いだった。

「そうか、分かってくれたか。手荒なことをしちまったな」

左右吉は手を離すと、安之助の尻を蹴飛ばした。駆け出して行く安之助の背を見ながら、番頭らしい年恰好の男が、店から出て来た。

「ありがとう存じました。失礼でございますが、親分さんのお名を伺わせていただきたいのでございますが」

「俺かい」答えながら左右吉は、見物の衆を見た。見知った者がいた。あの野郎なら、しゃしゃり出て小銭にありつこうとするはずだった。「悪いな。先を急いでるんで、話している暇がねえんだ」

走り出してしまった左右吉を追って、千と日根も小走りになった。一町（約百九メートル）ばかり走ったところで、左右吉は足を緩め、二人が追い付くのを待った。

「あれで、よいのか」と日根が、左右吉に聞いた。

笑っている左右吉に代わって、千が言った。

「今頃、どこの誰だか、見物の衆に聞き回ってるはずですよ。あたしたちの商売もぼろいもンだけど、あんたのも相当ぼろいね」

「金になるのか」

「礼金が来るんだよ。それに、時々はお顔をお出し下さいってね。少なくとも半年から一年は、小遣い銭くらい貰えるんだよ。名乗らずに行ってしまった、金にきれいな親分さんだ、と信じてね」千が羨ましげに言った。

「成程、ぼろいな」日根が唸った。

「旦那、懐の方は大丈夫なんですか」

「蓄えがあるので、もう暫くは何とかなるのだが……」

　礼金の相場はどれくらいなのかと、日根が千に聞いているうちに蠟燭町に着いた。

「堅気の店ではないか。とても掏摸の元締の店には見えぬな」

　日根が《常陸屋》を覗き込みながら言った。

「旦那、ここでは、それは禁句ですよ」千が、唇に人差し指を立てた。

「相分かった」

　二人の問答を無視して左右吉が店に入った。老爺が米を舂いていた。

「お呼びと聞いて参りやした。元締は？」

「待っておいでだ。上がりなせえ」老爺が奥を顎で指した。

「ご免なすって」

　左右吉は、千と日根に付いて来るように言った。

　千が老爺に丁寧に頭を下げ、続いた。日根は、通りを見回してからゆっくりと入って来た。

（見張りに気付いていたのか）

　それを口にしようともしなかった日根に、覚悟のようなものを左右吉は感じたが、敢えて何も言わず、奥へと足を進めた。

長火鉢の前に座った梅造が、煙草を吹かしていた。左右吉は知らせを寄越してくれた礼を言ってから、日根を、捕物を手伝って貰っている人だと言って、梅造に引き合わせ、早速本題に入った。

「飛んで参りやしたが、何か分かったんで？」

「その前に、勘助は殺された日の昼前、大店の主風体の奴の懐を狙って尾け回していたそうだ」

「それが、誰だかは？」

「分かっちゃいねえ。掏ったかどうかもな。ただ、そんなことをしているのを見た者がいたってことだ……」

「それだけでは何とも言えやせんが、気にはなりやすね」

「だろう。そっちの方は、今探らせているから、暫く待ってくれ」梅造は灰吹きに雁首を叩き付けると、それよりも、と言った。「見付けたぜ。頬に傷のある男を」

「間違いねえんでしょうね」

「おめえさん、誰にものを言ってるんだ」梅造が凄んだ。

「申し訳ありやせん。確かめるのが習い性になっておりやして。子分か弟分もいたんですね」

「勝って若僧が、な」

「間違いありやせん」左右吉は、千と日根に拳を握って見せた。

「年嵩の奴の名は卯平だ。野郎が行きそうなところは調べてある。いつでも案内させるから言ってくれ」

「何から何まで、ありがとうございやす」

左右吉に倣って、千と日根が礼を言った。

「だが、もし卯平だとすると、厄介だぜ」

梅造の額に深い皺が刻まれた。

「鳥越の彦右衛門。潜りでなければ、知っているな？」

香具師の元締として闇の世界で悪名を馳せているのが、彦右衛門であった。表の顔は、浅草御門から北へ六町半（約七百九メートル）、元鳥越町で湯屋《鳥越湯》の主だが、裏では殺しの請け負いをしているという噂があった。まさか、その彦右衛門と関わりがあるのではあるめえな。

「卯平は、彦右衛門の手下だ」

「…………」左右吉は息を呑んだ。御用聞きが、それも下っ引が相手に出来る男ではなかった。

「何でそんな奴が、勘助の塒に？」千は、そこまで言って、口に手を当てた。

「もしかしたら、勘助が尾けていたのが彦右衛門だってことは？」

「そいつはねえな」と梅造が言下に言った。「彦右衛門の懐からは、紙切れ一枚掏れるもんじゃねえ」

彦右衛門は懐中物を掏り取られるような迂闊な男では無論なく、また周りに絶えず子分を従えて歩いているので、とても狙えるものではない、と梅造が言い足した。

「それじゃ何で」と千が左右吉に言った。「卯平ってのが、家捜ししたのか、見当も付かないよ」

「誰かに頼まれたと考えれば、不思議はあるまい」日根だった。

「それでしょうね」梅造が頷いた。

「話の筋を纏めてみます」左右吉は皆に向き合うよう、身体を斜めに移した。

「大店の主風体の者が、何を掏られたかは分からないが、見られたくないものを掏られた、ということで話を進めます。男はそれに気付き、彦右衛門に殺しと、掏られた品物を取り返すよう頼んだ。それを受けて彦右衛門が手の者を動かした、となりやすが……」

「でもよ、俺には不思議でならねえ」梅造が言った。

「何がです」

「どうして掏ったのが勘助だと割れたんでえ？」

「掏られた時に気付いたんですかね」

千が声を上げた。

「そんな下手は売らないよ」

「じゃあ、一体どうして分かったんだ」

「……今、俺たちの持っているねただけで察しが付くのは、ここまでだな」梅造が左右吉を見た。

「お願いがございやす」

「分かっている。勘助の奴に掏られた間抜けを探せばいいんだな」

「へい。あっしらは、卯平に間違いねえか、見たって野郎に面を拝ませやすんで」

千が膝を乗り出すようにして頷いた。千の動きをちらと見てから、梅造が左右吉に聞いた。

間抜けがいて、名が割れたとする。それから先のことだが、間抜けを突っ突けば、彦右衛門が出て来るだろう。出て来てくれなきゃあ捕まえることも出来ねえが、相手が相手だ。そこまで追い詰めるつもりなのかい？　何を仕掛けて来るか、知れたものじゃねえ。それでも、やりなさるつもりかい？」

「勿論でございやす」今更、後には退けなかった。「相手が誰であろうと、罪を犯せば償うのが当たり前でござんしょう」

「下手をすると殺されるぞ」梅造が千に言った。

「惜しい命じゃございません。仲間の仇を討てるなら、本望です」

「えらく威勢がいいじゃねえか」

「引っ込みがつかないところに追い込もうとしているんです。怖いですからね」

「お千、てめえを見直したぜ。俺は真っ赤に焼けた火の玉のような女が好きなんだよ」

戸惑いながらも満更ではないのか、千が小さく歯を覗かせている。

「恐れ入りやすが、卯平の居所を教えていただけねえでしょうか。早速、確かめに行きたいもので」

「いいだろう」

梅造は、手を叩いて奥に控えている若い衆を呼ぶと、すっぽんの三次（さんじ）を連れて来い、と命じた。若い衆が裏から路地に飛び出して行った。

「一つ、伺ってもよろしいでしょうか」左右吉が梅造に聞いた。

「何でえ。言ってみちくんな」

「今日のことでやすが、あっしは昨夜から長屋におりやした。どうしてあっしでなく、お千にお知らせに？」

そのことかい。梅造は煙管に煙草を詰めると、一服吸ってから答えた。

「どれ程速く伝わるのかちょいと気になったんで、試してみたんだ。悪く思わねえでくれ」

梅造が言い終えたところに、すっぽんの三次が来た。

五

熊谷（くまがや）生まれの三次。一旦懐に狙いを定めたら食い付いて離れないところから、付いた呼び名がすっぽん。まだ二十歳を過ぎて間もない若い男だったが、その姿を見て、左右吉と千は目を見張った。

青梅縞(おうめじま)の布子(ぬのこ)に黒琥珀(くろこはく)の帯を締め、紺足袋(こんたび)に雪駄を突っ掛けた、見る者が見れば掏摸だと一目で分かるいでたちだった。

「どうでえ、まだいるんだぜ。俺は掏摸だと正体を明かした上で、懐を探る気概のある奴がな」梅造が嬉しげに身体を揺すった。

「元締、つくづくあたしは年取ったんだ、と思いました。こんないい若い衆が出て来ているのを知らないでいたなんてね」

「このところ、顔出さなかったからだ。もっと来いや」

「そうさせていただきます。何だか、腕が上がらないものだから、敷居が高くなっちまって」

「そんなことはねえ。無事で稼業が出来ているのは、腕が落ちていねえ証だろうが」

千が目尻を指の腹で拭った。

「俺も、黒琥珀の帯なんぞ久し振りに見せて貰ったぜ」左右吉が言った。

「珍しいのか」日根が三次の姿を見ながら左右吉に聞いた。

「ほんの一昔前は、腕に自信のある掏摸は、皆同じ恰好をしていたもんなんでござんすよ。正体を晒(さら)して巾着(きんちゃく)を狙う。そこに粋(いき)と誇りを懸けてね」

機嫌のよい時の富五郎に聞いた話だった。

「そんな大袈裟なもンではござんせん。粋がっているだけのことで」

照れて見せる三次に、卯平らのことを聞いた。

「申し訳ございません。肝心なことをお伝えしねぇと」

三次が言うには、卯平らはいつも塒にしている新旅籠町の長屋には帰らず、浅草御門の北詰から柳橋辺りでとぐろを巻いているらしい。

「この刻限だと、恐らく酒井様の下屋敷の賭場か、平右衛門町の矢場か、居酒屋のいずれかだと」

「そいつは願ってもねえ」

卯平らを壁の穴から覗き見た磯吉のいる弥兵衛店とは、二、三町（約二、三百メートル）しか離れていない。後は磯吉が長屋にいてくれるかどうかだった。

それにしても、三次の調べの行き届いていることに、左右吉は驚いた。頬に傷のある男を見付け、塒を突き止めれば、並の者なら、そこで役目は果たしたと思うものである。それを、日々の動きまで調べ上げていたとは、御用聞きでもなかなか出来ないことだった。

梅造が、どうだ、と言って、胸を張るようにして腕を組んだ。

「御用聞きにくれと言っても、やらねえからな」

「あっしが八丁堀の旦那から手札を頂戴している身なら、地べたに額を擦り付けても貰いに来やすが、今はそれもままならねえ身。我慢いたしやす」

「そうかい、そうかい」

梅造に見送られ、左右吉らは取り敢えず久右衛門河岸に向かった。

弥兵衛店に行くと、磯吉が酔い潰れていた。

「探す手間が省けてありがてえと言うべきか、困ったと言うべきか」

左右吉が土間で腕組みをしていると、

「任せて下さい」

三次がするりと左右吉の脇を擦り抜けて家に上がり込んだ。三次は、寝ている磯吉の枕許に座ると懐から銭を取り出し、銭と銭をぶつけるようにして数え始めた。

音に気付いた磯吉が薄目を開け、人がいるのに驚いて跳び起きた。

「誰でえ、てめえは？」

言った次の瞬間には、目は銭に注がれている。

「起きたかい？」左右吉が声を掛けた。「ちょいと面を見てほしい奴がいるんだが、付き合っちゃくれねえか」

顔を背け、悪態を吐こうとした磯吉に、すかさず千が言った。

「頼むよ」

「何でえ、こないだの姐さんじゃねえか」

「隣の家捜しをしていた男を見付けたのさ。間違いないか、見ておくれな。勿論、お礼も忘れないよ」

「しょうがねえな。姐さんに、そこまで言われちゃ断れねえやな」

磯吉はいそいそと立ち上がると、煮染めたような手拭で顔を一擦りして、土間に下りた。大小二本を差している日根を見て、項に手を当てて挨拶すると、左右吉に言った。

「さっ、どこでも行きますぜ。案内して下せえ」

「負けるぜ」

長屋を出て東に向かった。直ぐに酒井家の下屋敷に行き着いたが、中間部屋の賭場を探るには駒を張らなくてはならない。懐具合と相談すると、後回しにするのが得策だった。

下屋敷の土塀を過ぎると、平右衛門町である。卯平がよく遊ぶという矢場を三次が覗いた。

「おりやせん」

三次が首を横に振った。残すところは居酒屋と新旅籠町の長屋だった。やはり、塒から先にすべきだったか、と思っているうちに居酒屋に着いた。

腰高障子に《あなぐま》と書かれ、縄暖簾が下がっていた。中から、声高な話し声が通りまで漏れて来ている。障子窓があった。左右吉は、そっと細めに開け、三次に見るように言った。端から見ていた三次の目が動きを止めた。

「いたのか」左右吉が聞いた。

「へい。尻に火が点いているとも知らずに、河岸も変えずに暢気なもンでさあ」

「どいつだ？」

三次が、卯平の着ている単衣の柄を言った。

「弁慶縞が卯平、その向かいにいる格子縞が勝って弟分でさあ」

頬の傷はよく見えなかったが、堅気の顔ではなかった。ここまで生きて来る間に、三度つまずき、四度は転んだ顔だった。

磯吉を手招きし、窓際に立たせた。

「磯吉っつぁん、頼むよ。よく見ておくれ」

千の声を背に、磯吉が酔眼を見開いた。弁慶縞を見つめ、小さく唸って頷いた。

「あいつか」

「間違いありやせん。もし間違えていたら、この前の酒もお返ししやす」

「そうかい。ありがとよ。お手柄だぜ」

左右吉はそっと障子窓を閉めると、懐から銭を取り出し、磯吉に握らせた。

「これで飲んでくれ。今日じゃねえぞ。今日はもう鱈腹（たらふく）飲んだから、明日の分だぜ。いいな」

磯吉は二度三度と頭を下げると、一人で長屋に戻って行った。

「三次さん」と千が言った。「本当に何とお礼を言ったらいいのか」

「よしてくんない。同業の者が殺されたんだ。手伝うのが筋ってもンでしょうが」

それでも左右吉は無理矢理、なけなしの一分金を三次の袖にねじ込んだ。

「俺の気がすまねえんだ。受け取ってくれよ」

「では、遠慮なく」

「ありがとよ。元締にもよろしく伝えてくんな」

三次に与えた金で、持ち合わせは殆ど使い果たしてしまった。外で晩飯を食うならば、千か日根にたからなければならない。長屋に戻り、粥か雑炊でも炊くしかないか。そう考えた時、今朝方三島町の瀬戸物屋《萩の屋》の厄介事を始末したことを思い出した。番頭が、礼の金子か品を持って、お半長屋を訪ねて来ていることも考えられる。

そうとなれば、ここに長居している訳にはいかない。

「今日のところは、引き上げやすか」左右吉は、縄暖簾に背を向け歩き出した。

「あの二人は、どうするのだ?」と日根が言った。

「彦右衛門の身の回りを調べる間は、泳がせておきやしょう」

「そんなことして、危なくないのかい」千が聞いた。

「下手は売らねえよ。もしかすると、元締に頼んでおいた間抜けが割れるかもしれねえぜ」

「乗り掛かった船だ。いつでも声を掛けてくれよ」日根が言った。

「旦那は、それどころじゃござんせんでしょう」

「……気付いていたか」

「あれは、先日の」

「聞くな。人には、それぞれ事情があると言ったであろう」

「どうしたのさ？」千が聞いた。

「何でもねえよ」

「教えてくれたっていいじゃないか。あたしは二人に飯を奢ったんだよ」

日根が小さく歯を覗かせてから、長屋を見張っている者がいたのだ、と千に言った。

「私は、狙われているのだ」日根が小塚原での左右吉との出会いを手短に話した。「皆に迷惑を掛けるのは本意ではない。近いうちに出て行くつもりだ」

「何とかならないんですか」千が日根に聞いた。

「二人には話せぬこともあるでな。それ以上は聞かんでくれ」

日根は口を噤むと、歩みを速めてしまった。

左右吉は足を急がせて追い付くと、旦那は腕が立つ、と語り掛けた。

「そいつは知っておりやすが、夜の夜中に襲われることもあるでしょう」

「だから、何だ？」

「こちとら隣です。どんなとばっちりを受けるか、分かったもンじゃやござんせん」

「直ぐに出て行けと言うのだな」

「どこに行っても同じだと思いやす。どうせ迷惑を掛けるなら、あっしに掛けちゃくれやせんか」

「どうしろと言うのだ？」

「旦那もあっしも枕を高くして眠れるようにしようって話です。でも、その前に」

お半長屋は疾うに知られていたのか、と聞いた。

「前に住んでいた長屋を知られ、果し状が来た。だから、こっそりと移ったのだ。今朝まで知られていようとは、夢にも思わなんだ」

「だが、見張りがいた」

「どこぞで姿を見られたのやもしれぬな。それより、どうやって枕を高くして眠ろうと言うのだ？」

「お任せを」

左右吉は胸を平手で叩くと、取り敢えず急ぎやしょう、と言った。

「金が来ているかもしれねえので」

六

左右吉らがお半長屋に着いた時には、七ツ半の鐘が鳴り終わっていた。

木戸を潜ったところで左右吉は、己の塒の前を見た。お店者（たなもの）らしい人影はなかった。来ていねえのか。

金が入らないとなれば、日根に言った枕を高くして眠る方法は実行に移せなくなる。

任せろと言った手前、詫びなければならないだろう。

ちっ、と舌打ちした時、大家の嘉兵衛が、ひょっこりと路地に顔を出した。嘉兵衛が左右吉を見て手招きをした。

「お帰り。お客さんがお待ちですよ」

「客……」

左右吉は相好が崩れそうになるのを堪（こら）えて、誰だか尋ねた。

「《萩の屋》さんですよ。何でも質（たち）の悪いのを追っ払ったそうで、お礼に見えているんですよ」

「そんなこたァいいのに、却って申し訳ねえな」

左右吉は嘉兵衛に客人を家に連れて来てくれるように言い、千と日根を残して、家に上がり込み、竈を見た。火は始末され、釜は洗われており、炊いた飯は櫃に移されていた。

（助かったぜ）

後で鳶のおかみさんに礼を言わなければな、と思っているところに大家に連れられて、お店者が来た。親分さんと言っていた番頭風体の男だった。

番頭の伊左衛門と名乗った男は、くどくどと礼を言い、小さな紙包みと菓子折りを置いて帰って行った。紙包みには四枚の一分金が収められていた。一両である。

――これからは、時折お立ち寄りいただけますと、大変心強いのでございますが。

ありがたい申し出だった。これで暫くは小遣いが入ることになる。

伊左衛門を見送り、日根の家に上がった。

「話は聞こえた。よかったではないか」

「お蔭さんで」

「何か美味(おい)しいものでもご馳走になろうかしらね」千が浮き浮きしながら言った。

「悪いが、それは明日にしてくんな。これからやることがあるんでな」

左右吉は二人に事情(わけ)を話し、千には酒と肴の買い出しを頼んだ。

その酒と肴を持って、日根は大家の嘉兵衛を訪ね、店子として住まわせて貰っている礼だからと酒盛りをして、少なくとも一刻(いっとき)（約二時間）は嘉兵衛を足止めする。千は長屋を見張っている者がいないか気を配る。その間に左右吉は、一町程離れた長屋に住んでいる、顔見知りの大工の留吉(とめきち)を取っ捕まえて一仕事させなければならなかった。それが、左右吉が考えた枕を高くして眠る方法だった。

留吉は、まだ長屋に戻ってはいなかった。多分、いつものとこで仕事帰りに酒を飲んでいるんですよ。布袋(ほてい)様のような女房が言った通り、居酒屋で安酒を呷(あお)っていた。

「助けてくれねえか」

「今から？」

「明日でいいなら、来やしねえ。今だ。直ぐだ」

「聞けねえな。酒が入っちまったから、もう身体が動かねえ」

「金は弾む。人助けだ」

「女ですかい」

「俺と浪人だ」

「嫌だ。助けねえ。金輪際助けるもンじゃねえ」

「おめえだけが頼りなんだ」

「これからは、かかあのことを布袋様って言わねえ、って約束してくれるかい」

「弁天様って言うからよ」

留吉は、残りの酒を一息に飲み干すと、何を、と聞いた。

「すればいいんで？」

お半長屋に留吉を連れて来た左右吉は、こっそりと裏の路地を伝って、家に入った。

「ここだ」

指さしたのは、奥の土壁だった。汚れ、罅は入っているが、崩れてはいない。その壁を壊し、人一人通れる程の穴を穿ってくれ、というのが、左右吉の頼みであった。

「大家は家に足止めしてあるが、誰にも知られたくねえんだ。音を立てねえで出来るか」

「左右吉さん、こちとら大工ですぜ。左官じゃねえんだから、無理は言わねえでおくんなさいよ」

「それを承知でおめえさんに頼んでいるんだ」

「あんたは土壁ってもンを知らねえ。壁の下地には小舞竹（こまいだけ）が組みわたされているし、腰には」と言って、壁の中程を平手でぴしゃりと叩いて、「胴貫（どうぬき）ってもンが入っているんですぜ。それを切るとなれば、簡単なこっちゃねえんだ。音も出ようってもんでさあね」

勝ち誇ったように言った。

「何も胴貫まで切れとは言わねえ。その下っ側で十分なんだ。思い切って、一分出そうじゃねえか」

留吉の目が大きく開いた。

「四半刻（しはんとき）（約三十分）で開けてくれるな?」

「酔いが覚めちまった」

「結構じゃねえか」

留吉の掌に一分金を握らせた。留吉は金を拝むと、腹掛けに仕舞い込み、やりやしょう、と言った。

「左官は別名壁大工。あいつらのやることくらい、訳はねえ。ちょちょいと片しちまいやすので、見ていておくんなさい」

言うが早いか、壁ににじり寄り、鑿を突き立てた。土壁が剝がれ落ち、中の竹組みが覗いた。

(畜生、一分は出し過ぎたか……)

気付くのが遅かった。留吉の腹掛けの中に収まってしまっている。

「急いでくれよ」急かせるしか、悔しさを紛らわせる術がなかった。

「へいへい」留吉は端唄を歌いそうになっている。

後ろから蹴飛ばそうかと思ったが、ぐっと堪えて、外に出た。

千が日根の家の前に立ち、暮れなずむ空を見上げていた。

「どうしたい?」

「何をしているんだろうって思ってね」

「誰が?」

「あたし、だよ」千は腰高障子脇の柱に背を凭せ掛けると、目を西空に向けたまま呟くように言った。「小さい頃から手癖の悪い娘でね。結局、母親の跡を継いで、この稼業に入っちまった。まともになろうと、男作って逃げ出したこともあったけど、やっぱり血だね。逃げちゃ戻って、戻っちゃ逃げて……。何してんだろうなってね」

「今、二十八だったか」

「年なんて、いいじゃないか」

「幾つになったよ？」

「あんたの二つ姉さんだよ」

「二十九か」

「大年増だよ」

「大年増ってこたァねえ。中年増くらいだろう」

「だから、何だよ」

「掏摸で、その年まで生き延びたんだ。捨てたもんじゃねえ。何やっても生きて行けるぜ」

余程運がいいか、足を洗わなければ、三十路までに刑場の露と消えるのが掏摸という稼業だった。

「何やってもって、何すりゃいいのさ」

「そうさなあ……」思い付かなかった。

「……ないよ」

「探せばいいじゃねえか。探していりゃあ、何か見付かるかもしれねえぜ」

「…………」

千が、閉じた唇の両端を弱々しく吊(つ)り上げた。その目に、西空の仄(ほの)かな明るみが射(さ)している。

千とは何度も面を突き合わせていたし、酔った勢いでてめえの来し方を蓑吉に話している時に聞かれてしまったことはあったが、千の生まれ育ちを聞いたのは初めてだった。

(掏摸の娘だったのか……)

何を思い、朝までの長い夜を過ごしているのかと、左右吉は思った。

「お袋さんは……？」どこに墓があるのかと聞いた。江戸御府内にあるのならば、近くを通った時には線香の一本も立て、どうして娘を同じ道に進ませたのか、聞いてやろうじゃねえか。

「何、他人(ひと)の親を勝手に殺してるんだい？」

「生きて、いなさるのかい？」

「当ったり前じゃないか。あたしの血筋に、どじはいないよ」

「どこに？」

「おっかさんかい？　一緒に住んでるよ、あたしと」

「えっ、橋本町にかい？」

左右吉は無闇に可笑しくなり、笑ってしまった。

「やな人だね。生きて一緒に暮らしているのが、そんなに可笑しいのかい？」

「そうじゃねえ、そうじゃねえ」

顔の前で手を横に振っている時、家の中からどさり、と壁が崩れる音がした。

左右吉は慌てて四囲を見回したが、音に気付いた者はいそうになかった。

「見張っていてくれ」

左右吉は千に言って、家に入り、戸を立てた。

奥の壁の前で、留吉がせっせと手を動かしていた。壁を見た。人一人が何とか通れる程の穴が開いていた。

「上手えもんじゃねえか。上出来だぜ」

穴を塞ぐように枕屏風を立てておけば、まさかそこに通り抜け出来る穴が開いていようとは、誰も思わないだろう。

「俊は、ちょいと体裁よく小舞竹を切り揃えれば仕舞いだあな」

「このことは、おしゃべりなかみさんにも内緒だぜ」

「こっちが頼みてえや。一分あれば、当分内緒でいい思いが出来るってもんだ。かかあには何も言いっこなしってことで」

「死んでも言わねえ」

「こちとらも言わねえ」

留吉は切れ味の鋭い鑿で竹の切り口を整えると、また裏の路地を伝って帰って行った。

左右吉は千に掃除を頼み、大家の家に日根を呼びに行った。二人は酒を粗方飲み干したところだった。

「節句でもないのに店子から酒を貰う。それも、下り物の上等の酒ですよ。こんなこたァ初めてだ。やはりご浪人さんでもお侍は違うもんですね」

涙と涎で顔を汚している嘉兵衛をかみさんに預け、日根の家に戻った。

千が枕屏風を外して見せた。

抜け穴がぽっかりと顔を出した。日根が見入っている。

「何か気配を感じたら、ここを通って、すっと移って来なせえ。家捜しする余分な部屋はねえんだから、襲って来た奴も、旦那の姿が見えなければ帰るでしょうよ」

「無益な殺生(せっしょう)をせずに済むが、見付かると迷惑を掛けることになるな」

「その時は一緒に逃げればいいじゃねえですか」

「何と礼を言ったらよいのか分からぬ。手伝えることがあったら、何でも言ってくれ」

その時はお願いいたしやす、と左右吉は言った。

第三章　商売敵(がたき)

一

三月十一日。朝五ツ（午前八時）。

左右吉は浅草六軒町(ろっけんちょう)を通り、等覚寺(とうかくじ)の門前町にいた。新寺町(しんてらまち)とか土腐店(どぶだな)と言われている、好きな者にはそれと知られた岡場所である。

この界隈(かいわい)には、七年程足を踏み入れたことがなかった。

左右吉は、町並の一つ一つを確かめるようにゆっくりと歩き、一軒の仕舞屋(しもたや)の前で立ち止まった。汚れ、日に焼けた腰高障子(こしだかしょうじ)の隅(すみ)に、金兵衛(きんべえ)と記されていた。

左右吉は、腰高障子を細めに開け、もし、と声を掛けた。

「どなたか、いらっしゃいませんか」

二度尋ね、三度目の時に、土間に続く座敷の奥の暗がりが動いた。

「うるせえな、誰でえ？」

「へい。あっしは左右吉と申しやして、こちらにいらした金兵衛さんに可愛がっていただいた者で」

「…………」

奥から煤を被ったような黒い顔をした男が、目を凝らしながら出て来た。多少年を食ってはいたが、金兵衛に違いなかった。金兵衛の顔が真ん中から弾けた。

「左右吉じゃねえか。てめえ、随分とお見限りだったじゃねえか」

「ご無沙汰しておりやして。相変わらず、半端な生き方をしているもので」

「それを言ったら、お互い様としか言いようがねえやな」

金兵衛は女を岡場所に周旋することを生業としていた。女の親と遊女屋の間に立ち、請け人として証文に判を捺すところから判人と呼ばれており、女衒とも言った。この判人にも等級があり、吉原に比べると、岡場所相手の判人は、二段も三段も軽く見られていた。

金兵衛は、まあ座っていてくれ、と言い置くと、奥から酒徳利と湯呑みを二つ持って来た。それぞれに酒を注ぎ分け、一つを取り、一つを左右吉に手渡し、久し振りだな、と言った。

「よく訪ねてくれた」

湯呑みを目の高さに上げ、一息に飲み干した。左右吉も湯呑みを空け、膝許に置こうとした時、何しに来た、と金兵衛が聞いた。

「久兵衛親分に目を掛けて貰ってるって話は、噂に聞いたことがあったが、御用の筋か」

「そんなところで……」

「ここへは、久兵衛親分に言われて来たって訳か」

「いえ、あっしの独り決めでして、それに……」

久兵衛の手下だった富五郎のところにいるのだ、と話した。

「それじゃあ、てめえも、ろくなもンじゃねえな」

「まあ、そのようなもンで」

「俺に何の用だ？　言ってみな」

「鳥越の彦右衛門について、ちょいと知りたいんです。もしご存じのことがありやしたら、教えていただきたいのですが」

「鳥越かい。俺とは格がまるっきり違うんで、よかァ知らねえが、怖えってことだけは知っている。近付かねえ方が無難だぜ」

「どこの料亭を贔屓にしているとかは？」

「まったく分からねえな」

「子分はどうです？　彦右衛門のところの者が出入りしている賭場とか、分かりやせんか」

「それくらいなら知ってるが、奴について調べようなんて思うな。大川に浮くぞ」

「……覚悟の上です」

金兵衛は、数瞬の間左右吉を見つめると、分かった、と言った。

「三味線堀の東にある、佐伯美作守様の下屋敷に出入りしている者が、一人いる……」

「その賭場で兄ィの顔が利きやすか？」

「俺、かい？」金兵衛の眉が僅かに曇った。

「へい」

「そりゃ、まぁな」

「恩に着やす。あっし一人じゃ、洟も引っ掛けて貰えやせん。賭場に連れて行っておくんなせぇ」

「参ったな」

「兄ィに迷惑はお掛けいたしやせん。下っ引だと悟られるような下手も売りやせん」

お願いいたしやす。左右吉は手を合わせた。

「よしてくれ。俺は仏じゃねえんだ」

「兄ィ、頼んます」頭を下げた。

「仕方ねえな。連れてって、あいつだと教える。それだけだぞ」

「それで結構です。ありがとうございやす」

「てめえは、とんだ疫病神だぜ」金兵衛は笑うと、どこに住んでいるのかと聞いた。

豊島町のお半長屋だと咽喉まで出掛かったが、言葉を呑み込み、善光寺前町の長屋だと言った。左右吉の口を、苦いものが満たした。己は金兵衛に応えていない。悔いに似た思いを呑み込み、奥歯をぐっ、と噛んだ。

（俺は町方なんだ）

「まだあの日払いの長屋なのかよ」金兵衛が呆れたような顔をした。

遅い朝飯を食べ、土腐店を冷やかし、頃合を見計らって佐伯美作守の下屋敷に向かった。

金兵衛は途中で餅菓子を求め、門番への土産にした。その代金はあっしが、と申し出たのだが、「俺に見栄を張らせろや」と、軽く一蹴されてしまった。

下屋敷の賭場には、既に先客が集まっていた。いかにも渡り中間という者もいれば、身を持ち崩し掛けたお店者もいた。

金兵衛は、案内の中間に酒を頼むと過分の祝儀を与え、浩吉さんは、と聞いた。浩吉は賭場を仕切っている中間の頭だった。

「今、呼んで参りやす」

中間は一旦下がったが、浩吉を連れて直ぐに戻って来た。

「これは金兵衛さん、気を遣っていただいたそうで」浩吉が頭を下げて見せた。

「よしてくんない。ほんの挨拶だあな」

金兵衛は顔の前で手を振ってから、左右吉を顎で指した。

「こいつは、餓鬼の頃から知っている奴で、左右吉ってえけちな野郎だ。遊ばせてやっておくんなさい」

「ご同業で？」

浩吉が、判人かと聞いた。

「似たようなもんで。善人には向かねえ商売でござんすよ」

「では、あっしどもと似たり寄ったりって訳ですね」

「ご謙遜を」

「まあ、ゆっくりと楽しんで行って下さい」

浩吉が離れるのに合わせて、左右吉と金兵衛は盆茣蓙に着いた。勝ったり負けたりを繰り返しているところに、男が一人、賭場に入って来た。浩吉と低い声で談笑している。

左右吉が尋ねようとすると、あいつだ、と金兵衛が目で知らせて来た。

男は、二人の斜め前に座ると、無造作に駒を半に置いた。

左右吉は丁に、金兵衛は半に賭けた。

壺の賽の目は、三一の丁だった。

金兵衛は、丁の目に張り続けたが、取ったり取られたりで、大した稼ぎにならない。左右吉の方が僅かに浮いているくらいだ。

「今日は駄目だ」と金兵衛が、左右吉に言った。「俺は帰るが、てめえは目が出ているんだ。もう少し遊ばせて貰いな」

「では、そうさせていただきやす」

男はつまらなそうに金兵衛と左右吉を見てから、壺振りに目を遣った。

金兵衛は、駒を金に換えると、浩吉に軽く会釈(えしゃく)し、賭場を出て行った。

壺が振られた。男が半に賭けた。左右吉は丁に張った。五二(ぐに)の半だった。男が、頬(ほお)を歪(ゆが)めるようにして笑い、また半に駒を置いた。左右吉も半に張った。一(ぴん)揃(ぞろ)の丁だった。

ちっ、と男が舌打ちをした。

それからも男は半に張り続けた。

左右吉は二分程負けたところで、盆から離れ、酒の残りをゆっくりと飲んだ。浩吉が寄って来て、必ずつきは回って来るというようなことを言って戻って行った。

左右吉は酒を飲み干すと、賭けに臨んだ。丁丁半と続き、大きく賭けたところで半が出て駒がなくなった。

浩吉に、また来る旨を告げているうちに丁丁丁と丁が三回出て、男がおけらになった。

「負けたぜ」男が浩吉に言った。

「あっしも、やられやした」左右吉は男に言った。「おめえさん、丁で続けていたら、今頃は儲かってたぜ」

「そのようですね。これから酒でも飲もうかと思って、お宝を残しておいたんですが、その料簡がいけなかったんですね」

「飲み代を残しておくなんざ、許せねえが、羨ましいな。俺もそうすりゃよかったぜ」

「どこか、よいところをご存じですか。もしご存じなら、験直しにどうです、一杯？」

「いいのかい」

「丁半揃って飲む。丁度いいじゃねえですか」

「こちらは？」男が浩吉に聞いた。

「女の口入屋をやってなさるそうですよ」浩吉が答えた。女専門の口入屋、つまり判人だと言ったのだ。異を唱える訳にもいかない。

「左右吉と申しやす」

「伊之助。伊之と呼んでおくんなさい」男が言った。

伊之助は下屋敷を出ると北に向かった。旗本屋敷や大名家の上屋敷が並ぶただ中に、下谷七軒町の通りがあり、飛び地のように町屋があった。

「ここの酒は、下り物だからちいっと高えが、美味いんだ」

ささっ、と伊之助が左右吉の背を押すようにして縄暖簾を潜った。

土間を挟んだ両側は入れ込みになっており、武家屋敷の勤番侍で溢れていた。

「浅葱裏だらけじゃねえか。狭くてしょうがねえな」伊之助が囁くように言った。

田舎武士の羽織の裏が、多くの場合浅葱木綿であったところから、田舎侍をあざけって言う言葉が浅葱裏だった。

返事に窮している間に、伊之助は入れ込みに上がり、勤番侍の肴を見回している。

下手をすると、一騒動起きるかもしれない。その前に、聞き出さなければならねえな。左右吉は手を叩いて、小女を呼んだ。

三月十二日。宵五ツ（午後八時）。

左右吉は、黒船町の料亭《くろ舟》の裏門を見通す木陰にいた。月明かりが、くっきりと木立の影を浮き立たせている。

《くろ舟》は、酒に酔った伊之助から聞き出した店である。彦右衛門が贔屓にしているという料亭だった。

馴染の料亭であれば、客を伴って行くことは十分考えられる。その客の名を知りたかった。客の中に、掏摸の勘助の始末を頼んだ者がいるかもしれない。

表の方から客を見送る華やいだ声が聞こえていたが、それもこの小半刻（約三十分）は途絶えている。客が帰り尽くしたのだろう。仕事を終えた者から順に帰るのか、裏門を潜り抜けて行く数が増えている。

女が出て来た。年の頃は、三十路を越えていそうな大年増だった。匂い立つような肉置きは、年季の入った仲居に相違なかった。女は、手にした風呂敷を胸許に抱えると、提灯をふらつかせながら御蔵の方へ歩き出した。そのまま行けば、黒船町の自身番か、その近くを通るような足取りだった。

夜である。しかも女の一人歩きだ。左右吉は、女が黒船町の自身番の近くまで行くのを待って声を掛けた。

怪しい者じゃねえ。ちいと自身番で話を聞かせてくれねえか。

女は逃げるように足早に自身番に入った。

黒船町の自身番には、昼のうちに面通しをしておいた。左右吉は、詰めていた大家と店番を外に出すと、挨拶もそこそこに女を畳座敷に上げ、名と《くろ舟》での仕事を聞いた。

「梶と申します。仲居をしております」

梶の語尾が震えている。何故呼び止められたのか、訳が分からず、怯えているのだ。

「何、大したことじゃねえ。客の中に彦右衛門ってえ、鳥越の湯屋の親父がいるだろう。そいつのことを、ちいっと教えて貰いてえんだ」

「鳥越の、彦右衛門さん……ですか」

「そうだ。思い出してくれたか」

梶が小首を傾げてから言った。

「そのようなお客様は、お見えになっていらっしゃいませんが」

「そんな馬鹿なことがあるかい。確かに《くろ舟》を贔屓にしていると……」

梶を見つめた。嘘を吐いているようには見えなかった。梶の言っていることが本当ならば、伊之助に騙されたのだろうか。昨夜の伊之助の様子を思い返した。酒に酔い、聞かれるままに話していた。あれが芝居だったとすると、相当腰の据わった悪だ。そのような子分どもを束ねる彦右衛門の凄さは底が知れなかった。

「こっちの思い違いかもしれねえ。とんだ足止めを食わせちまった。気ぃ付けて帰ってくれ」

左右吉は、心付けを梶の掌に握らせ、自身番から送り出した。

二

「騒がせちまったな」

大家らに礼を言い、左右吉が黒船町の自身番を後にした時には、町木戸が閉じる夜四ツ（午後十時）を回っていた。

町木戸を通るには、いちいち木戸番に開けて貰わなければならない。面倒ではあったが、それが決まりである以上、従わねばならなかった。

黒船町の町木戸を通り過ぎた。蔵前の八幡宮の森が、月明かりの底に、黒く聳え立っていた。その鳥居の陰で、何かが動いた。追剝か。この辺りに追剝が出ているという噂は聞いていないし、物盗りに狙われるような身形もしていない。

気のせいか、ともう一歩踏み出したところで、また闇が騒いだ。

間違いなく人だった。しかも、一人や二人ではない。

彦右衛門の手の者かもしれない。

（参ったな）

左右吉は十手を持っていなかった。十手は捕物になると分かっている時のみ貸し出されるもので、普段手下が持ち歩くことはない。親分の富五郎が同心から預かっているものが親分の許にあるだけだ。

左右吉は提灯の灯を吹き消し、商家の庇の陰に入った。俗に言う犬走りという所だ。

それで身が隠せた訳ではない。月明かりがある。目を凝らせば、どこにいるか直ぐに知られてしまうだろう。それでも左右吉は、五間（約九メートル）程横に走った。運を摑むためには、足掻くしかなかった。

提灯の火袋を踏み付け、竹の柄を思い切り引いた。柄が外れた。僅か一尺（約三十センチメートル）足らずの細い竹の棒だが、突けば武器になる。

鳥居の脇から五人の男が飛び出して来た。五人は二人と三人の二手に分かれ、左右吉が潜んでいる犬走りを挟んだ。

兄貴分なのだろう、茶紺の棒縞の男が手にした太刀で左右吉を指した。

「出て来い。二度と嗅ぎ回れねえように、引導を渡してやるからよ」

「語るに落ちるとは、てめえのこった」左右吉は、月明かりの中に半身だけ出して言った。「彦右衛門とこのもんだ、っててめえで白状してやがら」

弟分の一人が、棒縞の顔を見た。

「構わねえ。両手両足へし折って大川に叩き込んじまえ」棒縞が叫んだ。

手柄を焦ったのか、弟分の一人が匕首を抜いて、斬り込んで来た。左右吉は身を屈めて刃を躱すと、男の咽喉に竹を突き立てた。竹が大きくしなり、また伸びた。弟分が咽喉を押さえて転げ回っている。

「味な真似をしやがって。早く片付けろい」

棒縞の声とともに、三人が同時に匕首で斬り付けて来た。転がるようにして一人の脇を潜り抜けて躱したが、二波三波と続けて来られたら躱し切れるものではない。

じりじりと追い詰められた。

弟分どもが腰を屈め、いつでも飛び掛かれる体勢を取りながら、囲みの輪を縮め始めた。

逃げ場はない。左右吉は竹の柄を握り締めた。

その時だった。

門前町の路地から笑い声が響き、直ぐに侍が二人、通りに現われた。

「兄貴……」弟分の一人が棒縞に言った。

「畜生」棒縞が舌打ちをした。

「こっちに来ますぜ」

「仕方ねえな」

棒縞は侍の方に向き直ると、二歩三歩と近付き、懐から巾着を取り出した。

「これで、見なかったことにしちゃいただけやせんか」

侍の一人が、そうよな、と呟きながら左右吉と取り囲んでいる者どもを見て、これはこれは、と嬉しげな声を発した。

「誰かと思えば、お強い左右吉殿ではないか」

佐古田流道場の先輩、赤垣鋭次郎の声だった。

左右吉は声の方に素早く目を遣った。間違いなく赤垣であった。もう一人いるが、見たことのない侍だった。二人とも酔いが足に回っているのか、上体が揺れている。

「左右吉殿は、お強くていらっしゃるのだ。我々の助けなど要らぬであろう」

「何だ、てめえは。こいつの知り合いか」

「うるさい。話の途中であろうが」

「やい、この三一。怪我しねえうちにさっさと行っちまわねえと、こちとら喧嘩が商売だ。てめえらも痛い目に遇わせるぞ」

「誰に言っておるのだ？」赤垣は棒縞を睨み付けると、俺はな、と左右吉に言った。あの日以来、くさくさしているのだ。

立ち合え、と左右吉に叫んだ。ちょうどいい機会だ。

「何をごちゃごちゃ言ってやがる」

弟分の一人が匕首を閃かせて、赤垣に飛び掛かった。赤垣の左足が下がり、次の瞬間、抜き打ちざまに男の肩口から袈裟に斬り下ろした。が、血は噴き出さなかった。赤垣は斬る瞬間に刀身を返し、峰で男の肩を打ったのだ。男は斬られたと思っているのだろう。目を剝いて倒れている。

男どもが、おっ、と息を吞んで腰を引いた。

「お前に、俺の悔しさが分かるか、来い」赤垣が刀身を返しながら言った。

「これでは無理ってもんでさァ」左右吉が、竹の棒で男どもを指した。

「こんな奴ども、さっさと片付けてしまえ」

赤垣は酒臭い息を吐き出すと、待ってやるから、存分にやれ、と言って後ろに下がり、腰を下ろした。連れの侍が、やれ、と喚(わめ)きながら、赤垣の横に腰から頽(くずお)れた。

二人の酔態を見ていた棒縞は、足許に唾(つば)を吐くと、「とにかく、野郎からやっちまえ」と赤垣らに背を向け、弟分どもを駆り立てた。咽喉を竹で突かれていた弟分も加わり、三人の弟分どもが袖(そで)をたくし上げた。

同時に斬り掛かられては、逃げる術(すべ)はない。左右吉は右の男に突き掛かると見せて、左の男の顔に竹を突き立てた。咽喉を庇(かば)って上体を反(そ)らせた男の手から匕首を奪おうとしたが、背後に回った者から斬り付けられ、逃げるのが精一杯だった。

「てめえら、攻めがぬるいぜ」

棒縞が正面から左右吉に刀を打ち付けて来た。月明かりを孕(はら)んだ光の筋が、竹の棒を真っ二つに斬り裂いた。

棒縞の頬が微(かす)かに攣(つ)り上がった。笑ったらしい。

喧嘩で身に付けた太刀(たち)筋ではなかった。道場に通い、一(いち)から学んだ剣だった。

左右吉は、掌に残った竹の棒を投げ捨てると、両手を広げて、身構えた。生き残るには、刀を躱して腰に食らい付くしかなかったが、食らい付けたとしても、背後から匕首で襲われれば、避ける余裕はない。極まった。畜生。食い縛った歯の間から、息を吐いた。

「行くぜ。念仏でも唱えろ」棒縞が刀を振り上げた。

「待て。それまでだ」赤垣だった。「見ちゃおれんな」

赤垣は立ち上がると、刀をだらりと下げたまま近付いて来た。

「そいつは俺がぶちのめすんだ。それまで、てめえらなんぞに殺させる訳には行かねえことくらい、さっきの話で分からないのか。お前は馬鹿か」

「何だと」

棒縞は左手を背に回すと、背帯に差していた匕首を引き抜いた。刀と匕首の二刀流になった。

「俺を怒らせやがった報いだ。受けてみろ」

「それも道場で習ったのか」赤垣が聞いた。

赤垣も、棒縞の剣の筋のよさを読んでいたのだ、と左右吉は思った。

「なまじ喧嘩剣法を学んだのが、怪我の元よ」

赤垣が間合いを詰めた。棒縞の剣が空を斬り、続いて匕首を持つ手が伸びた。

赤垣は剣で受けながら、更に間合いを詰めた。間合いが詰まれば、匕首が届く。棒縞は両手を激しく動かして、打ち込みを重ねた。余裕を持って受けていた赤垣が、刀身を下げ、すっと身を引いた。上半身に隙が生まれた。

棒縞の手から匕首が飛んだ。赤垣の耳を掠めて、匕首は虚空に消えた。棒縞が慌てて剣を両手で握り締めた。その寸隙を衝いて赤垣の剣が、棒縞の肩口を強かに打ち据えた。峰打ちであった。棒縞が膝を突いた。

「簡単に誘いに乗る馬鹿がどこにいる。なあ、左右吉」

赤垣はゆらりと上体を揺らすと、剣を鞘に納め、左右吉に放った。

「息が切れた。後は任せるぜ」

その場に座り込んでしまった。

「兄貴……」

棒縞の周りに駆け寄った三人の弟分どもが、左右吉と赤垣を見た。赤垣の腰には脇差しかない。

「野郎、仇討ちだ」

止めろ。棒縞が叫んだ時には、三人は赤垣に向かって匕首を突き出していた。

一瞬のことだった。跳ねるように立ち上がった赤垣の脇差が、流れるように三人の手首を打ち据え、斬り裂いた。赤垣の峰打ちを食らって伸びていた弟分が、仲間の鋭い悲鳴に、がばと起き上がった。血相を変えて手首から噴き出す血を押さえている一人に、

「言うのを忘れていたが」と赤垣が言った。「俺も、そこのお強い方も、小太刀を遣うのだ。悪かったな」

唸った拍子に男の手が傷口から離れ、血が噴き出した。

「ぼやぼやしてるんじゃねえ。早えとこ血止めをしてやれ」棒縞が、起き上がって、口をパクパクしている弟分に叫んだ。

袖を切り取り、斬られた男の手首に巻き付けている。

「おう」と棒縞が左右吉に言った。「今日のところは許してやるが、二度とここらに足を踏み入れてみろ、命はねえからな」

「聞いた」と赤垣が答えた。

棒縞は、ふん、と鼻を鳴らすと、左右吉を睨め付け、引き上げるぞ、と命じた。棒縞の後ろから弟分どもが続いている。

「随分と梃摺っていたではないか」赤垣が左右吉に聞いた。

「無腰で抜き身を前にしたもので、腰が引けやした。危ないところを、ありがと

うござぃやした」

「そんなものだ。分かったら、二度とでかい顔をするなよ」

「肝に銘じやす」

「何故俺がお前に負けたのか、分からぬ。俺に驕りがあったからか」

「……どうでしょうか。そのようなことは……」

赤垣は左右吉から刀を受け取ると、あったんだよ、と言った。

「それでなくて、何で俺が負ける。腕は俺の方が絶対に上なのだからな、あの時はまぐれなのだからな」

「承知いたしておりやす」

「嘘を吐くな。腹の中では舌を出しているくせに。お前の悪いところだ」

「………」

「いささか酔いが回った。日を改めて、また立ち合うから覚えておけよ」

「へい」

「絶対叩きのめしてやるからな」

赤垣は、通りに座り込んで寝ている連れの肩を揺すった。連れの侍が、目を覚まし、辺りを見回しながら立ち上がった。

な。

「誰がやった？」と赤垣が左右吉に聞いている。

「あいつだ」と赤垣が左右吉を指した。

「そうか」連れの侍が左右吉に、先に帰るぞ、と言った。儂らには門限があるで

左右吉が、へい、と答えた。

三

三月十三日。六ツ半（午前七時）。

左右吉は佐久間町四丁目にある親分・富五郎の家を訪ねた。まだ夜具の中にいるようなら、起きるまで待つ覚悟だったが、富五郎は既に起きていた。褞袍を着込み、長火鉢の前に座り、寝が足りないのか、腫れぼったい目を向けて来た。

「朝っぱら早くに、申し訳ございやせん」

左右吉は長火鉢を挟んで富五郎と向かい合った。富五郎の家に寝泊まりしている弥五と平太が、部屋の隅に控えた。

「何の用か知らねえが、厄介事じゃねえだろうな？」

「それが……」

「またかよ。てめえ、俺の嫌がることばかりしようって訳じゃねえだろうな？」

「そんな、親分。あっしは決して……」

「折角、こんな早くに来たんだ。話だけでも聞こうじゃねえか」

富五郎は茶をごくりと飲み干すと、顎先を振って、話を始めるよう促した。

「事の始まりは……」

左右吉が、掏摸の勘助の一件に手を付けたことを話し出すと、直ぐに富五郎の顔色が変わった。

「てめえは、何か、山田様と俺の調べに、けちを付けようってのか」

「そうじゃござんせん。ですが、勘助の隣に住んでいる磯吉ってのが、二人組の男が家捜しをしているのを見ておりやして、そいつらを辿って行ったところ、大物にぶち当たったんで」

「誰でえ？」

「鳥越の彦右衛門でございやす」

「鳥越だあ……」富五郎が、亀のように首を伸ばした。「まだ彦右衛門のことを嗅ぎ回っちゃいねえだろうな？」

そのために、昨夜襲われたことを話した。

「てめえは、俺まで殺させてえのか」

「まさか」

「なら、何で、彦右衛門を調べる。奴には触れるな。触れなければ、何もして来ねえが、下手に触れてみろ、命なんぞ幾つあっても足りねえ。そんなこたァ、どんな駆け出しだって知っていることだ。そうだろう、平太？」

突然名指しされた平太が、咳払いしてから、知っておりやす、と答えた。

「いいか、二度と彦右衛門のことは調べるんじゃねえぞ。子分を五人も痛め付けられたんだ。これで調べ続けたら、必ず殺しに来るからな」

「でも親分、勘助を殺せと命じたのは、彦右衛門かもしれないんですぜ」

「そんなこたァ言われなくても察しは付く。彦右衛門の裏の顔は殺しの元締だ。奴さんが人助けをしたら驚くが、殺しを命じたからっていちいち驚いていられるか」

なあ、左右吉よ、と富五郎はにわかに声を潜めた。長生きしたくはねえか。

「俺はもう四十六だが、後三十年は生きてえんだ。そしてな、七十六になったら、百人の子分に囲まれて大往生するのよ。それが俺の夢だ。可笑しいか」

「いいえ」

「だから、俺は彦右衛門なんぞに関わりたかぁねえんだ。分かったな」

「……へい」

己一人では手が足りないからと、親分の富五郎を頼ったのだが、無駄骨だった。そうなるだろうと分かっていたのに、一縷の望みを託して親分を頼った己が歯痒かった。

「分かったら、暫くの間ここには顔を出さねえでくれ」

弥五も平太も見送りには来なかった。左右吉が玄関で雪駄を突っ掛けていると、かみさんの鶴が内暖簾を片手で跳ね上げ、顔を半分覗かせた。

「あんたは損な質だねえ」

鶴はそれだけ言うと、また右奥の座敷へと戻って行った。そちらは鶴の仕事場で、髪結の道具が並べられている。

左右吉は、一人で親分の家を後にした。慣れていた。何度も、そうして来たのだ。

どこに行こうかと、空を見上げた。

取り敢えず、行くところがなかった。

こんな時は、腹を満たすしか方法はない。神田お玉が池に程近い《汁平》に向かうことにした。

和泉橋を渡り、柳原通りを横切り、富田帯刀の屋敷をぐるりと回って浜松町へと出た。

一日が始まろうという時に、大工や左官など出職の者たちが、威勢よく半ば駆け足で歩いて行く。自らを嗤いながら《汁平》の暖簾を潜ると、不景気な顔をしているのは、俺だけか。千がぼんやりと入り口近くの入れ込みに座っていた。

「よお、早えな」

千は、声を掛けた左右吉に嚙み付くように、言い立てた。

「朝っぱらから、どこをほっつき歩いているんだい。あたしゃあちこち探し回っちまったじゃないかい」

「何か用か？」

「ああ、焦れったいねえ。あたしが探してるってことは、元締の呼び出しに決まってるじゃないか。肩の上に乗っかっているのは、重しかい？」

「すまねえ。ちいと親分のところへ行ってたんだ」

千が、蓑吉の方を見て、手を叩く真似をした。

「何だよ？」左右吉が聞いた。

「ぴたり、当てたんだよ。向柳原じゃないかって」

「どうして分かったんで？」蓑吉に聞いた。

「あちこち勝手に動いていれば気に障るだろうと思っただけだが、違ったかな」

蓑吉が沸いた湯に青菜を潜らせながら言った。

「当たらずと言えども遠からずって奴でさあ。お小言を食らっちまった」

「そんなことは、どうでもいいんだよ。元締を待たせる訳には行かないんだよ。急いどくれ」

「飯を食う暇もねえのか」

「人なんてもンはね、二、三日食べなくとも死なないんだよ」

「あんなこと、言ってるぜ」左右吉が蓑吉に言った。

「飯屋を潰す気か」蓑吉が、苦い顔を作った。

「気にしないどくれ。言葉の綾ってもんだよ」

「分かってる」蓑吉が青菜を熱湯から引き上げながら言った。「こうなりゃ、行くしかあるめえ」

「仕方ねぇ。美味ぇもんは、後の楽しみだ」

左右吉は千を置き去りにして、《汁平》を飛び出した。

《汁平》から蠟燭町の舂米屋《常陸屋》までは七町と少し（約八百メートル）。左右吉の足ならば、一息で駆け付けられる距離だった。

「早えじゃねえか」元締の梅造が、自ら迎えに出、奥へと誘った。

そこに、遅れて千が辿り着いた。

「この薄情者の恩知らず」千が裾の乱れも気にせず、左右吉に嚙み付いた。「誰が、お前を探したんだい？　あたしだよ。あたしが駆けずり回って、見付けたんだよ。それを何だい」

「悪かった。ちいと煮詰まってたところに元締からの知らせだってんで、嬉しくなっちまったんだ」

「煮詰まるって、彦右衛門のことは調べられなかったのかい？」

彦右衛門の子分に襲われたことを話そうかとも思ったが、老爺が米を舂きながら聞き耳を立てていた。どこで誰が、どう繫がっているか、知れたものではない。襲われた一件には触れない方が無難だろう。

「その話は後だ。まあ、上がってくれ」

「上がれって、ここは元締の家だよ」千が雑ぜっ返しながら、下駄を脱いだ。梅造が奥で待っている。左右吉と千は、急いで奥へと入った。奥の部屋にはすっぽんの三次が控えていた。

「三次の奴が、凄いことを聞き付けて来たんだ。まずは、聞いてやってくれ」

三次が軽く頭を下げて、膝を詰めて来た。

「勘助さんが懐を狙っていた大店の主が誰だか、割れました」

「誰です？」

左右吉と千が同時に声を上げた。

「ご存じですか。大伝馬町の呉服問屋《室津屋》の主・治兵衛ですよ」

暖簾は古いが、大店と言う程のお店ではなかった。それが、八年前娘婿に代を譲ってからと言うもの、次々に大名家や旗本家の信頼を得、この五、六年で江戸でも指折りの呉服問屋になっていた。

「やり手ってことは聞いておりやすが、どのようなお方なので？」

「大胆なようでいて、肝っ玉は小さいという見方をする者もいます。例えば、使いに出した手代の帰りが遅いと、持ち逃げしたのではないかと、帳場をうろうろしているそうです」

「どこから治兵衛の名が浮かんだんでしょう？」

「勘助さんが治兵衛の跡を尾けているのを見掛けた者がいるんです」

元掏摸の三五郎だと、梅造が言った。

「あの野郎、安酒にありついて、ふらふらと道を歩いていた時に、勘助を見掛けたそうだ。三五の奴の裏は取ってある。間違いねえ。三月の六日、勘助が殺された日の昼間のことだ」

「やったねえ」

千が喜色を湛えた。

「お千、まだ先があるぜ。なあ、三次」

「へい。三五郎さんに酒を奢って、詳しく聞いてみたんですがね、なんでも勘助さんと《室津屋》さんの様子を凝っと見ている奴がいたようだってんです」

「そりゃあ……」

左右吉が目を細めた。

「三五郎さんの話によると、どうも鳥越の息の掛かった地回りの男のようだった、というこってす。以前、難癖を付けられた覚えがあるとかで、顔を知っているんだと」

「ひょっとして、その野郎、鳥越の子分が《室津屋》の懐を狙った奴を探しているというのを聞き付けて、ご注進に及びやがったんじゃねえか」

「まず間違いねえでしょう」

「ありがてえ、三次さん。そこまで絞り込めりゃあ、もう間違いねえ。掏られたのは《室津屋》、殺しを指図したのは鳥越、という線は崩れねえよ」

《室津屋》と鳥越の彦右衛門──。

《室津屋》は日の出の勢いの商人であり、彦右衛門の裏の稼業は、殺しの請け負いである。二人が手を組むとすれば、利権に絡む殺しだろう。大名家や旗本家の内紛を片付ける代わりに、その御家中の呉服一切の注文を頂戴する。《室津屋》が、僅かな年月の内に伸し上がってきた事情が透けて見えた。

だが、二人の関わりを示す証はない。ひょっとすると、その証となる物が、《室津屋》の紙入れの中に入っていたのではないか。勘助の野郎、掏り取った紙入れからお金を取り、紙入れだけ捨てようとした時に、紙片を見付けたのだ。こいつはいい稼ぎになるかもしれねえってんで、取っておいたのかもしれねえ。勘助が持っていた紙片こそが、鍵なんだ。

それを調べるのは、左右吉の役目だ。これ以上梅造や三次らに探りを入れて貰っては、彼らの命が危うくなる。昨夜の一件は、伝えるまでもないだろう。

左右吉は、二人に礼を述べた上で、ここから先は任せてくれ、と言った。

「虫がいいかもしれやせんが、それでもどうしても助けが要る時は頼みに来やす。その時は、助けてやっておくんなさい」

「よござんす」

梅造が組んでいた腕を解き、それまでは、と言った。お手並拝見といきやしょう。

千を《常陸屋》に残し、左右吉はその足で、日本橋から京橋を抜け、尾張町の二丁目に向かった。二丁目には呉服問屋の老舗《松前屋》があった。

《松前屋》へは、六年前、大親分・久兵衛のお供をして訪ねたことがあった。掛取りの金を盗み、岡場所の女と逃げた手代を、町奉行所に内緒で捕らえに行く算段をしに行ったのだ。その時の番頭が順調に出世をしていれば、後見役か宿持別家くらいにはなっている頃だった。名は仁右衛門と言った。

《松前屋》程の大店になると、一番番頭としての実績を積むと、将来独立した時のことを考え、主の代わりにお店を仕切らせ、力量を見定める。その主代理を前任者が後見として補佐するのだが、補佐に回った者は妻帯と一戸を構えることが許される。それを宿持別家と言い、三年程お店に通って御礼奉公した後、晴れて別家を立てることが許され、独立するのである。

左右吉は、お店の脇の路地に入り、裏口へ回った。戸を押したが、開かない。そっと叩いた。

「どなたですか」女の声がした。水回りの仕事のために雇われている女子衆らしい。

左右吉は身分を明かした。

「少々お待ち下さい」

足音が小走りに遠退き、間もなくして男の声がした。左右吉は、再び同じことを口にした。裏戸が開いた。手代風体の男が、左右吉を頭の天辺から爪先まで見回し、何か、と聞いた。

「あっしのような御用聞きが表から訪ねてはご迷惑かと思い、裏からご免蒙りやした。番頭さんに仁右衛門さんって方がいらっしゃいやしたが、今もおいででしょうか」

「どのような御用でございましょうか」

「失礼ですが、仁右衛門さんは今、後見か何かを？」

「宿持別家ですが、それが？」

「相すみません。お手すきでしたら、お目に掛かりたいのでやすが。伊勢町堀の久兵衛ンところにおりやした左右吉が来た、と仁右衛門さんにお伝え願えやせんでしょうか」

「そのように伝えればよろしいのですね？」

「へい」左右吉はひたすら恐縮して見せた。

「こちらへ」

手代が、台所の隅に案内し、上がり框(かまち)に腰掛けて待つように、と言った。左右吉が座るのを見届け、女子衆に茶を淹(い)れるように命じ、表へと消えた。

茶を一口啜(すす)っていると、不意に背後から声を掛けられた。仁右衛門だった。

「お見忘れでしょうか、あっしは」

「覚えておりますよ。その節はありがとうございました。親分さんは、お元気で」

「へい。まだまだ矍鑠(かくしやく)として御用を務めさせていただいておりやす」

「今日は、何か……」

「こちら様のことではございやせん。商いのことで、是非とも教えていただきたいことがございやして」

「でしたら、表から来られれば」

「そうは思ったのでやすが」

手代が、表から訪ねるのを遠慮した由を仁右衛門に告げた。

「そのご配慮、さすがは伊勢町堀の親分の下にいらしただけのことはありますね。どうぞ、お上がり下さい」

「では、遠慮なく」

店奥にある番頭らの休息の間に通された。

火の気のない火鉢と煙草盆、それに文箱と文机があるだけの地味な作りの部屋だった。

「ここならば、誰も参りません。それで、お知りになりたいのは、どのようなことでしょう？」

「ご当家とは商売敵の《室津屋》のことでございやす」

「ほう」仁右衛門は、腕組みをして、背を反らせると、《室津屋》さんの何を、と聞いた。

「《室津屋》は、この五、六年の間に、次々と大名家や旗本家に品物を納めるようになったと聞いておりやすが、その辺の事情を知りたいので」

「それが分かっていましたら、私どもの店も同じようにしておりますよ」

「こちら様が納めていたお家を取られたということは？」

仁右衛門は、凝っと左右吉を見てから、ございました、と答えた。

「どなた様か、お教えいただけやすでしょうか」

決してこちら様にご迷惑はお掛けいたしやせん。左右吉は、身を乗り出した。

「申し訳ござんせん」左右吉は、仁右衛門の目を真っ直ぐ見ながら言った。「今《室津屋》さんの何を調べておいでなのか。聞かせていただけますか」

は、言えやせん。しかし、もしあっしの考えていることが正しければ、《室津屋》は商売敵でなくなりやす。どころか、お店そのものが傾くやもしれやせん」

仁右衛門の眉がぴくり、と震えた。

「信濃国小諸（こもろ）の牧野（まきの）様です。五年前になりますか」

「他にも《室津屋》が、この五、六年の間に取り入った大名家か旗本家をご存じでしょうか」

「勿論（もちろん）、承知しております」

「そいつも教えていただくって訳には？」

「容易いことですよ」

仁右衛門は帳場に行き、分厚い台帳を持って来ると、文机に置いて、書き写し始めた。

「手間をお掛けいたしやす。もし分かっているのならば、何年前に取り入ったかもお願いいたしてえんで」

仁右衛門は軽く頷いて筆を進め、四家の名を記して筆を措いた。

「小商いは除いた主立ったところですが」

差し出された紙片には、

信濃国小諸一万五千石　牧野周防守様　五年前
公儀小普請支配直参　曽根庄兵衛様　四年前
常陸国笠森十三万石　丹羽和泉守様　二年前
公儀御小姓組番頭直参　服部伊織様　一年前

と書かれていた。

「よく調べておいでございやすね」

「商売敵のことは、厠の落とし紙をどこから仕入れているかまで調べておくのが商いってものですよ」

「それを頼りに、やって参りやした」

「流石につぼを心得ていらっしゃる」

仁右衛門は懐から紙包みを取り出すと畳に置き、指先でつっ、と押した。

「渋茶一杯ばかりで愛想がありませんでしたな。これで、ちょいと小腹を満たして下さい」

《室津屋》の尻尾をしっかり調べろ、という損得勘定から出た軍資金であった。壁代と博打の費えで懐が寂しくなっていた時だった。断る理由はない。ありがたく頂戴して、《松前屋》を後にした。お店から離れたところで、紙包みを開けると、一分金が四枚入っていた。

四

左右吉は、堀沿いに比丘尼橋、一石橋と渡り、竜閑橋を越えたところで鎌倉河岸に折れた。そこで立ち食いの菜飯を掻き込み、神田橋御門を左に見ながら通り過ぎ、本多伊予守の上屋敷を越したところで錦小路に入った。

小路の中程に、火附盗賊改方長官・安田伊勢守正弘の役宅があった。

左右吉は、顔見知りの門番に挨拶して長屋門を潜ると、玄関に回り、与力の笹岡様を、と願い出た。

玄関に控えている当番の同心らにも左右吉の顔と名は売れていた。あれこれ問われることなく、直ぐに笹岡只介が奥から姿を現わした。

「どうした？　何ぞ、あったか」

「へい」

「回れ」

笹岡が玄関口から消えた。左右吉は脇の築地に沿って外廊下へと回った。外廊下には踏み石があり、履物が置かれている。

笹岡が外廊下に座り、踏み石に足を下ろしたところに左右吉が着いた。

左右吉は早速、これまでの経緯を話した。掏摸の勘助が殺され、勘助の長屋が家捜しされたこと。家捜ししたのは鳥越の彦右衛門の子分であり、勘助が懐を狙っていたのは呉服問屋《室津屋》の主・治兵衛で、今のところの調べでは勘助が本当に掏ったか否かも不明だが、もし掏ったとすると、殺してまでして隠す必要のあるものらしいこと。

その《室津屋》は急速に大名家や旗本家に出入りするようになり、今や大店になっていること。彦右衛門は裏で殺しを請け負っているという噂のある男で、もし《室津屋》の背後に鳥越の彦右衛門がいることを探り当てることが出来れば、とんでもない大捕物になるかもしれないことなどを、順を追って話した。

「《室津屋》と鳥越の彦右衛門に繋がりはあるのか」

「そこのところが、まだ分からねえんでございます」

「調べろと申すのか」

「いいえ。その前に、調べていただきたいことがございまして」

「何だ？　遠慮のう申してみよ」

「恐れ入りやす。これをご覧になって下さいやし」

左右吉は、《松前屋》の仁右衛門が書いた半切れを懐から取り出した。《室津屋》が取り入った大名家と旗本家四家の名が記されている。

笹岡が目で、これは何か、と問うた。

「この五、六年の間に《室津屋》が新たに商いを始めた御家中でございます」

「《室津屋》が、どうやって四家に食い込んだのか、だな」

「へい。これらのお家の中で、重臣の方か誰か、突然亡くなられた方がいらっしゃらなかったかどうか、これをお願いいたしたいのですが、よろしゅうございましょうか」

「任せておけ。重臣、いや、それ以上の者であれば、必ずお届けがあるからな」

笹岡は大きく頷いた。

「よろしくお願いいたしやす」

武家方のこととなると、左右吉の手に余る。火盗改方が助(す)けてくれれば鬼に金棒だ。これで後は町方の側から調べを進めればいい。とは言え、一人で調べるとなると、限りがある。もっと人数が必要だった。富五郎親分に期待出来ない以上は、大親分に加わって貰うよう頼み込むか。

顔を上げた左右吉に、笹岡が言った。

「急ぎ、調べる。明後日の夕刻にでも来てくれ」

笹岡が懐から二朱金を出して、些少(さしょう)だがこれで腹拵(ごしら)えでもしてくれ、と言った。

町奉行所の与力と違い、火盗改方の与力には付届(つけとどけ)などなく、内証は火の車であった。左右吉は押しいただいた。

仁右衛門から貰った分も含めると、にわかに懐が温かくなった。

真っ直ぐに帰るって手はねえ。賭場に案内してくれた金兵衛に、お礼かたがた馳走(ちそう)をしようと決め、土腐店に行くことにした。

昌平橋に出、富五郎親分の住む神田佐久間町を避けて、三味線堀の脇を抜けた。

佐伯美作守の下屋敷は目と鼻の先だった。

遊んでいるかもしれねえ。

潜り戸を叩くと、門番が現われた。二日前に見掛けた門番だった。門番は、左右吉を見ると、

「お前さんは」と小声で言った。「金兵衛の連れだった人だね？」

「へい。今日は金兵衛さんは、こちらに？」

「帰(けえ)んな。あの翌日、お前さんと金兵衛を探しに、おっかないのが来たぜ」

「まさか、鳥越の子分で？」

「そこまでは知らねえな」

左右吉は貰ったばかりの二朱金を門番に握らせた。

「思い出した。間違いねえ、その通りだ」

「で、金兵衛さんの家を教えたんで？」

「皆知ってるからな。恐らく、誰かが教えたと思うぜ」

「ありがとござんした」

左右吉は、土腐店の金兵衛の仕舞屋に急いだ。てめえが襲われたのだ。何で金兵衛も危ねぇ、と考えなかったのだ。顔から血の気が引いていくのが分かった。

（とんだ疫病神だぜ）

笑って言った金兵衛の顔が瞼をよぎった。

（何事もねえといいが）

仕舞屋の腰高障子はぴたりと閉ざされていた。

中にいるのか。それとも、中にいるのは金兵衛ではなく、鳥越の手の者が待ち伏せしているのか。

無闇に飛び込む愚は避けなければならない。

仕舞屋を見通す辻に立ち、目端の利いた男が来るのを待った。門跡前の方から、ひどく不機嫌な顔をした十八、九の男がやって来た。

「兄さん、ちょいと頼まれてくれねえか」

男は一瞬辺りを見回してから、俺か、と聞いた。

「無論、ただとは言わねえ。少しだけど受けてくれ」

小粒を見て、男の愛想がよくなった。

「何をすればいいんで?」

「そこに仕舞屋があるな」

「金兵衛さんの家のことで?」

「知っているのかい、金兵衛さんを?」

「そりゃ、土地の者ですからね」

「ありがてえ。ちょいとここに呼び出してくれねえか。俺の名は左右吉ってんだ」

「それだけで、いいんで?」

「やってくれるかい?」

「造作(ぞうさ)もねえっすよ。待っていておくんなさい」

男は軽い足取りで行くと、腰高障子を叩き、金兵衛の名を呼んだ。

返事がないらしい。男が、中を見るかと聞いたのだろう、戸を指さしている。

頷いて見せると、そろそろと戸を開け、また呼び掛けながら中に入った。

暫くして男は出て来ると、猫の子一匹いやしませんが、どうします？　と言った。

「荒らされた様子とかは？」

「いいや、きれいなもんでしたぜ」

「すまなかったな。手間取らせて」

「いいのかい？」

「ああ、助かった」

「金は？」

「それはもう、お前さんのだ。受け取っておいておくんなさい」

「そいつは、ありがてえ」

男は片手で礼をすると、土腐店を歩き去って行った。

金兵衛ら判人は嗅覚(きゅうかく)で生きているようなところがあった。身の危険を感じ取り、素早く逃げたのかもしれない。そうだとして、金兵衛はどこへ行ったのか。当てがあればよいが、ない時には、善光寺前町の日払い長屋に足を向けるとも考えられた。

善光寺前町へと急いだ。

大家に聞いたが、訪ねて来た者はいなかった。一月分の店賃を払い、奥の店を借り、もし金兵衛と名乗る男が来たら、置いてやってくれと頼み、《汁平》へ向かった。落ち着いて飯を食い、酒を飲める店は《汁平》しかなかった。

《汁平》には、千も、日根もいなかった。

座敷の奥に上がり、酒を飲み、飯を食った。こっちが黙っているせいか、蓑吉も寄って来てまで話そうとはしない。

帰ろうかと腰を浮かせた時、雨がぽつりと軒を叩いた。降り始めたばかりの雨音を聞くのは、嫌いではなかった。町や通りを密やかに濡らして行く夜の雨も、嫌いではなかった。左右吉は、もう一度腰を下ろし、雨の立てる音に聞き耳を立てた。

痺れが解けるように酔いが醒めていった。

左右吉は銭を置きながら、裏から出る、と蓑吉に言った。表で誰かが見張っているような気がした、と言う訳ではない。この日、この時、雨に足止めされたことを、いつもと違うことをして覚えておきたかったからに過ぎなかった。そのように心が動いてしまうのも、金兵衛のことが絡んでいるのかと、左右吉は己の心を探った。

雨は地面を一刷毛濡らして、宵五ツの鐘が鳴り終える頃には止んだ。

どこかで雨宿りでもしていたのか、小半刻程して、日根孝司郎が帰って来た。

日根の立てる微かな音を、左右吉は柏餅にした敷布団の中で聞いていた。

それからどれ位経ったのか、ふと目覚めた。暗闇の中に、人の気配が満ちている。今時分、長屋の路地に徒党を組んで入り来るなど、真っ当な者たちとは思えなかった。

咄嗟に武器となるものを探した。心張り棒くらいしかなかったが、戸口に使っている。木刀も、ここには置いていない。あるのは箸だけだった。それでもないよりはましだろうと握り締めた。

幾つかの足音が、戸口の外を通り、止まった。

背後で擦るような音がした。暗がりに目を遣ると、壁の枕屏風が動き、日根が棒のようになって入って来た。

日根は身体を起こすと向きを変え、まず己の家の方の目隠しを立て、次いでこちら側の枕屏風を立て直している。

次の瞬間、日根の家の戸が蹴破られ、乱れた足音がなだれ込み、激しい物音と地響きが起こった。

「龕灯（がんどう）を持て」

灯火が呼ばれた。左右吉の家の障子を灯火が横に走り、日根の家に飛び込んだ。

「何だ？　どうした？」長屋の誰かが叫んだ。

「うるせえぞ。静かにしろい」別の誰かが吠（ほ）えた。

「黙れ」

賊が怒鳴った。声に凄みがあった。侍の声であった。

「一歩たりとも出て来ることは許さん」と賊が、長屋中の者に命じた。「出て来たら、斬る」

日根の家に上がった者が外に出て告げている。

「おりません」

「いたはずではないのか」日根が目を閉じて声を聞いている。

「確かに、長屋に戻って来たのですが……」

「入ったところまで見届けたのだな？」

「気付かれる恐れがありましたので、木戸口までしか」

「なぜ最後まで見届けぬ」

「申し訳ございません……」

「そんなことで仇が討てるか」

男の激しい物言いに、日根がかっ、と目を剝いた。

「引き上げるぞ」

男は命ずると、皆を待たずに、一人だけ先に木戸口の方へ去って行った。後から、足音を響かせて一党が続いた。

男たちの気配が遠退くのを待って、左右吉が言った。

「あの怒鳴っていた奴ですが、知り合いで？」

「知り過ぎる程にな。厄介な男だ……」

日根は暫く膝許を見つめていたが、ふっと顔を上げると、また、と言った。

「借りが出来たな」

五

三月十四日。七ツ半（午前五時）。

左右吉と日根は早めに起き、長屋の皆に謝って回った。

子供のいる家の中には、あからさまに迷惑そうな顔をした者もいたが、大家の嘉兵衛の、もう一度昨夜のようなことがあった時には、二人とも出て行って貰いますよ、の一言で収まってしまった。

低頭して小言を聞いた後で酒屋に行き、小さな角樽を皆に配ったのが効いたのか、井戸端で顔を合わせた時には、何事もなかったかのような扱いになっていた。

日根は建具屋を呼び、壊れた腰高障子を直して貰う算段を付けていた。

昼四ツ（午前十時）。

左右吉は、伊勢町堀に久兵衛親分を訪ねた。

手にした土産は、堀留町二丁目の杉ノ森稲荷近くにお店を構える菓子舗《名月堂》の銘菓〔豆饅頭〕だった。久兵衛と亡くなったかみさんの好物で、それこそ二人ともこれには目がなかった。

「ご免下さいやし、左右吉でございやす」

玄関に立ち、奥に声を掛けた。

足音とともに現われたのは、伝八だった。あまり頼りにはならないが、それを補って余りある心根のよい正直な男だった。左右吉より一つ年上で、二十八歳になる。

「こいつは珍しいじゃねえか」

「大親分は、ご在宅で？」

伝八は頷くと、いい時に来た、と言った。善六の兄貴もいなさるぜ。

伝八は久兵衛の家に住み込んでいるが、善六は近くの長屋で暮らしていた。

「こいつは願ったりだ。上がらせていただきやす」

伝八に土産を渡すと内暖簾を潜り、板廊下を進んだ。突き当たりが雪隠で、その手前の座敷に久兵衛と善六がいた。神棚を背にした久兵衛が、おっ、と叫んで、手招きをした。

「元気にやっているかえ」

「お蔭を持ちまして、何とか」

「詳しいことは知らねえが、富五郎に叱られたって話は聞いたよ」

「お恥ずかしいことで」

「恥ずかしがることがあるか。どうせまた、しけたことを言ったんだろうが。富五郎をあんな男にしちまったのは、俺のしくじりよ。こっちの方が恥ずかしいぜ」

伝八が左右吉の土産を久兵衛に見せた。

「ありがとよ。好物を覚えていてくれるってのが何よりも嬉しいぜ。なあ」善六に言った。

「まったくで」善六は答えると、どうしたい？　と左右吉に聞いた。何かあったのか。

「へい。お力を借りたくて、やって参りやした」

「聞こうじゃねえか」久兵衛が言った。

「話してみな」善六が言った。

左右吉は、勘助殺しの一件を、襲われたことを含めて頭から話した。

「そこまで、一人で調べたのかい？」久兵衛が聞いた。

掏摸の元締や判人に手伝って貰ったことを告げた。

「左右吉でなきゃあ頼めねえ顔触れだな」善六が、微かに羨ましげな顔をした。

「富五郎は、何をしてたい？」久兵衛が聞いた。

「勝手に一人でやってたんで」

「嘘は止めな」久兵衛が鋭く言い放った。「一人じゃ駒が足りねえ。富五郎んところへ行ったはずだ」

「……へい」

「奴は何と言った？」

「関わるな、と……」

「野郎、鳥越の彦右衛門と聞いて、怖気付きやがったな」

「………」

「すまねえな。嫌な思いをさせちまって」

「とんでもねえこってございやす」

「お前のように無茶をする奴を下に付ければ、少しは変わるかと思ったんだが、とんだ見当違いだったようだな」

「富五郎兄ィは、なかなか変わらねえでしょうね」伝八が言った。

「変えるのよ」と久兵衛が、伝八を睨むようにして言った。「あいつだって、若え頃はやたら無茶していた時があったんだ。そうだったな、善六」

「へい」

子供を助けるために、刀を振り回している浪人に組み付いて行き、背中をばっさりと斬られたことがあった、と善六が話した。

「その頃の威勢の良さったら、凄いもんだったぜ」

「それが、女髪結を女房にした途端、猫になっちまった。長生きしたくなったら、御用聞きは廃業よ」

「骨に刻みやした」善六が答え、伝八が遅れてかしこまった。

「俺が引き摺り出すから、この捕物に加えさせて、奴をもう一度男にしようじゃねえか。なあ、左右吉。料簡しちゃくれねえか」

「あっしは大親分と親分、それに善六兄ィと伝八兄ィ、皆で一緒に捕物が出来るんなら、こんなに嬉しいことはござんせん」

「そう言ってくれるだけで、嬉しいぜ」

久兵衛は頭を下げると、これからどう動けばいいのかと尋ねた。

取り敢えずは、火盗改方の笹岡只介の調べを待つしかなかった。火盗改方の役宅を訪ねるのは、明日の夕刻だった。

「俺らも行っていいか」久兵衛が言った。

「願ったりでございやす」

昼を馳走になり、明日の八ツ半（午後三時）に三河町一丁目の自身番で落ち合うことを決め、左右吉は伊勢町堀の家を辞した。

善六が玄関まで、伝八が表まで見送りに来た。

左右吉は伝八に丁寧に挨拶をし、大伝馬町へと向かった。大伝馬町から鉄炮町を通り、神田堀を越えようとしていたのである。

その左右吉の足許に、小さな淡い桃色の花弁が風に乗って舞い下りた。八重桜の花びらだった。山桜などより大分遅れて咲き出すものだが、さすがにそろそろ散り際なのだろう。どこに桜の木があるのかと、四囲を見回していると、見覚えのある背中が見えた。

千が獲物の跡を尾けているところだった。

狙っているのは、若いが仕立てのよい着物を着ているところから見ると、どこぞのお店の若旦那のようだった。

若旦那は小僧も連れずに、浅草御門の方へと歩いていた。

何か浮き浮きすることでもあるのか、立ち売りの品を眺めながら、ふわふわとした足取りを重ねている。

人垣を前にして、若旦那の足が止まった。中を覗き込んでいる。

砂絵描きが、染粉で色付けした砂を指の間から器用に零して、地面に絵を描いているらしい。人垣から溜め息が漏れた。

若旦那が釣られて思わず背伸びをした。その隙を逃さず、千の指が走り、若旦那の懐中から紙入れが掏り取られた。

鮮やかな手並だった。

左右吉は、人垣からそっと離れようとする千の肩を、ぽんと叩いた。千の背が、首筋が、固まった。

「見事なもんだな」左右吉が囁いた。

振り向いた千が、

「脅かすんじゃないよ」低い声で噛み付いた。

「紙入れはどこだ?」

千が、袂を持ち上げた。

「悪いな。見過ごす訳にもいかねえんでな」

左右吉は紙入れを取り上げると若旦那に、もし、と声を掛けた。若旦那は夢中になって砂絵を見ており、まだ掏られたことに気付いていない。

「足許に落ちてましたが、おめえさんのでは?」

紙入れの柄を見て、あっ、と叫んだ若旦那は、懐を探ってから、私のです、と言った。

「そいつはよかった。お気を付けなすって」

若旦那は紙入れを受け取ると、二度三度と頭を下げ、また思い直したように砂絵を見ている。

千が左右吉の袖を引いた。

「何だよ」

「よくも邪魔したね」千は小声で言うと、甘く抓(つね)った。

「勘弁してくんな。代わりに何か奢るからよ」

「当たり前だよ。高いの食べてやるからね」

「構わねえよ」

「大きく出たね。何があったのさ？」

千は言ってから、どこで聞き付けたのか、長屋が襲われたことに触れた。

「命は落としちまったら、使えないと悟ったのかい？」

「耳が早(はえ)えな。だけどよ、狙われたのは俺じゃねえ。日根の旦那だ」

「隣同士で襲われてりゃ世話ないね」

「違いねえ」

「行くよ」

十が向かったのは《汁平》のある方だった。

第四章　脅し

一

三月十五日。八ツ半（午後三時）少し前。

左右吉が三河町一丁目の自身番に着いた時には、久兵衛らは既に到着していた。

「お待たせいたしやした」

「俺たちが早過ぎたのよ。まだ刻限前だあな」

久兵衛が、上がって休むようにと手で示した。

「ありがとうございやす。ですが……」

笹岡只介の仕事は早かった。何か分かったかもしれない。心が急いた。

「すまねえ。ぬるいこと言っちまったな」

久兵衛は自身番の者たちに礼を言い、善六と伝八に行くぞ、と合図した。

鎌倉河岸が尽きると間もなく神田橋御門が左手に見えた。

神田橋御門は、大御所家康の時代、この近くに屋敷を賜っていた土井大炊頭利勝にちなんで、かつては大炊頭橋と呼ばれていた。将軍家が寛永寺に詣でる折は、必ずここを通るため、御成道として常に門番が配置されている。

米粒のように見える門番を尻目に、錦小路に折れた。

火盗改方の玄関に顔を出すと当番の同心が、庭に回れ、と言った。一昨日通された外廊下の先が、白い玉砂利を敷き詰めた庭になっていた。

控えていると、笹岡が同心二名を伴って現われた。同心は寺坂丑之助と田宮藤平で、二人とも前に組んで捕物をしたことがあった。

「久兵衛、参ったか」笹岡が、声を掛けた。「左右吉が、大物を引っ掛けて来たぞ」

「あっしも話を聞いて驚いた次第で」

「よい男に育てたな」

「勿体ないお言葉で」

「何か分かったんでしょうか」

目の前で褒められては、くすぐったくて仕方がない。左右吉が、横から口を挟んだ。

「あの四家だが、やはり不審な影が見え隠れしておったぞ」

「詳しく教えておくんなせえ」

「左右吉」久兵衛が窘めた。

「よい、よい。聞きたいであろう」笹岡は、左右吉が渡した紙片の四家について順に話した。

「牧野家は、世継ぎ問題でこじれていたが、五年前に妾腹の者が死んだ。病死となっているが、吉原で死んだらしい。曽根家では、四年前に、嫡男の亀丸が池で溺死している。また常陸国笠森十三万石丹羽家は、二年前、国許で城代家老派と次席家老派の対立があった。次席家老派の中心人物が出府中の殿様に急遽呼び出され、江戸へ向かったが、何者かに斬り殺されてしまい、結局城代家老派が勝ったという話だ。服部家では、昨年、勘定方の者が何者かに襲われ、刺されて亡くなっている。物盗りの仕業として処理されておる」

左右吉、と言って、笹岡が片膝を突いた。其の方の勘が当たったぞ。

「これまでは、それぞれが別の事件として結び付けられることはなかったが、すべて《室津屋》の利権が絡んでいたのだろう。鳥越の暗躍があったと踏んで、間違いあるまい」

「これで野郎を追い詰めることが出来るんですね」

「そうだ」

「やってやろうじゃねえですかい。人の命を金儲けの道具にした奴どもを野放しにしておいたんでは、お天道様が許しちゃくれねえってもんでやすよ」

「えらい鼻息だが、どこから手を付ける？」

「考えがございやす」

「申してみよ」

「勘助の塒の家捜しをした卯平と勝の二人を引っ括って参りやす。笹岡様には、二人を締め上げるお役をお願いしたいんで」

「寺坂と田宮は、知っての通り腕が立つ。二人に捕らえさせよう」

「待っておくんなさい。万一にも、鳥越の息の掛かった者にお二人の姿を見られると、火盗改が動き出したとばれてしまいやす。そうなったら、尻尾を見せる鳥越ではございやせん」

「では、どうしろと？」

「ここは、暫くの間待っていただきたいのでございやす。必ずあっしどもの手で二人を捕まえて参りやすので」

「逃げられたら何とするのだ？」寺坂が口の端に唾を溜めた。「我らの腕では信用出来ぬとでも申すのか」

「待て」と笹岡が、寺坂を制した。「ここまで調べて来たのは、左右吉だ。ここは思うようにやらせようではないか。その代わり、捕らえて来た後は、我らが指示に従うのだぞ」

「仰しゃるまでもございやせん」

「久兵衛、左右吉が一人で突っ走らぬよう、手綱を締めてくれよ」

「心得ております」

笹岡は頷くと、袂から紙包みを取り出し、久兵衛に手渡した。

「何かの費えに使ってくれ。儂からではない。長官だ。鳥越捕縛に動いている者がいると話したところ、いたくお喜びになってな」

嘘であることは明白だった。長官の安田伊勢守は、そのような気の利いたことをする男ではなかった。火盗改としての務めは筆頭与力の笹岡に任せ、自身は任期の終わるのを待っているだけのお飾りに徹していた。

——それもまた、生き方なのかもしれぬな。

何年前になるか、笹岡がぽつりと零した言葉だった。

「恐れ入りやす」久兵衛が、額に押し当てながら受け取った。


大名家の上屋敷の土塀が、見渡す限り続いていた。

久兵衛に善六、伝八、そして左右吉の四人で歩くには、いかにも場違いであった。四人は、通りの左隅を言葉少なに歩いた。

久兵衛の行く方向へと従っていた善六が、どこに行こうとしているのか、聞いた。

「昌平橋だ」

久兵衛の家とは逆方向になる。

「何か御用でも？」

「あるから行くんだ」

「へい……」

久兵衛は昌平橋を渡ったところで立ち止まると、袂から紙包みを取り出し、開いた。二分金が四枚入っていた。二両である。

久兵衛は半分の四分、すなわち一両を左右吉に渡し、残りを再び紙に包んで袂に入れ、「富五郎を引き摺り出すぞ」と左右吉に言った。

「受けてくれやしょうか」

「あの野郎、度胸はねえが、気位だけは立派にある。そこを突けば乗って来るに決まっている」

「大親分の思うようにやっておくんなさい」

「ありがとよ。富は、あれでも俺の片腕だった時があるんだ。あいつの役に立つだろうから、とおめえを付けたんだが、富には意味が分からねえらしい。我慢してくれな」

「我慢だなんて。こうして御用聞きが出来ているだけで嬉しいんでやすから」

「でも、富五郎の兄ィ、家にいますかね？」善六が首を捻った。

「いねえぐらいの男なら、俺は苦労しねえよ」

伝八が思わず笑いそうになって、口を塞いだ。

向柳原の富五郎の家に着くと、久兵衛は案内も乞わずに上がり込み、奥へと向かった。富五郎は、かみさんの鶴が得意先を回っているので暇なのか、足の爪を切っていた。突き出た腹が突っ掛かったらしく、呼気を乱しているところに久兵衛が現われたので、慌てて切った爪を拾い集め、庭に放り捨てた。

「これはこれは、親分。お呼び下されば、お伺いしたものを」

突然来るなよな、と言いたいのだろう、顔に書いてある。

「頂戴したものだ」と言って、久兵衛が笹岡から貰った紙包みを富五郎に差し出した。「お殿様からだ。受け取りな」

「へい？」富五郎は、受け取り、中を確かめてから、お殿様って、と聞いた。

「どちらの？」

「火附盗賊改方長官・安田伊勢守様だ」久兵衛がさらっと言った。

「何であっしに？」

「言っちまったんだよ」

「何を？」

「俺とてめえが仕切って、鳥越の彦右衛門を調べているってな。そしたら、俺とおめえに、ご苦労、って下さったって訳だ」

「左右吉、てめえ、まだ止めないで、犬ころみてぇにあちこちほじくり返していやがったのか」

　富五郎が、左右吉を怒鳴りつけているところに、繁三、弥五、平太の三人が見回りから戻って来た。三人は、並んだ履物の多さに、左右吉とともに大親分が来ていると察し、黙って廊下に正座して控えた。

「富、まあ、待てや」久兵衛は富五郎を制すと、煙管(キセル)を取り出しながら、褒めてたぞ、と言った。おめえのことを。

「へ……」富五郎が、眉(まゆ)を上げたまま固まった。

　久兵衛は、ゆったりと長火鉢に煙管を伸ばし、熾(おき)で煙草(タバコ)に火を点(つ)けると、深く一服吸い込んだ。富五郎は、ぴくりとも動かずに、久兵衛が口を開くのを待っている。

「富や俺がいるから、江戸の闇(やみ)が明るくなるんだってな。俺は、嬉しかったぜ」

「へい……」

「左右吉は目端が利くと言っても下っ引(したっぴき)だ。おめえがいるからこそ、やんちゃが出来るんだ、と俺は思っているぜ」

　どうだ、おめえは知らねえ間にだが、舟に乗っちまったのよ。観念して、調べに加わるしかあるめえ。久兵衛が、羅宇(ラウ)を掌(てのひら)に打ち付けた。雁首(がんくび)から小さな火の玉が灰に落ちた。

暫し、沈黙が落ちた。

富五郎は、両の鼻の穴から太い息を吐くと、

「繁三、弥五、平太、いるか」大声を上げた。

「へい、ここに」繁三が三人を代表して廊下から答えた。

「明日から、俺らも鳥越を追うことにした。四の五の言う奴は、構わねえから出てってくれ」

「それでこそ、富五郎だ。昔のまんまだぜ」

久兵衛に言われ、富五郎は柄にもなく照れた。

奥の部屋で溜め息を吐いた者がいた。得意先回りから帰って、茶を飲んでいた鶴だった。

「男ってのは、馬鹿だねえ。特にあの男は、救いがないね」

鶴は鼻の脇に皺を寄せた。

二

三月十六日。昼四ツ（午前十時）。

向柳原の富五郎宅は、人で溢れ返っていた。繁三、弥五、平太に加え、久兵衛と二人の下っ引、それに左右吉が連れて来た千と三次に日根孝司郎が、一つの座敷に集っていた。

富五郎の家が選ばれたのは、彦右衛門の暮らす元鳥越町と、その手先である卯平と勝の住む新旅籠町の長屋に一番近かったからだった。

集まったのは、他でもない。彦右衛門に勘付かれずに卯平と勝を引っ括るためだった。そのために、卯平と勝の顔を見知っている千と日根と三次に、加わって貰った。三次に迷惑は掛けたくなかったが、並の下っ引より格段に目端が利く三次がいてくれれば、心強かった。

左右吉ら四人には伝八、善六、繁三、弥五がそれぞれ付いた。

左右吉らが卯平と勝を見付け次第、茅町二丁目の自身番に知らせるためだった。茅町の自身番には、久兵衛と富五郎、それと平太が待機した。何かの時に必要になるだろうから、と左右吉ら下っ引に十手が渡された。

四組の者が散った。

左右吉と伝八は、新旅籠町の長屋へ行った。卯平と勝は、この二日ばかり、帰っていなかった。長屋の木戸を見渡せる蕎麦屋の二階座敷に上がり、見張ることにした。

千と善六は、平右衛門町の居酒屋《あなぐま》に向かった。二人の姿がないので、酒をちびちびと飲みながら待つことにした。

日根と繁三は、平右衛門町の矢場に入った。まだ客がなく、暇を持て余していた女どもに囲まれたので、矢を射ながら待った。

三次と弥五は、酒井若狭守の下屋敷に行き、中間部屋で丁半博打を打ちながら、二人が来るのを待った。

四組の者が散ってから、一刻（約二時間）が過ぎた頃、勝が一人で《あなぐま》に現われた。

「今日は、一人かい？」店の主が勝に聞いた。

「兄貴も、おっつけやって来るから、先に飲んでるぜ」

勝は答えながら、入れ込みの客を見回した。千と善六、それにもう一組がいるだけだった。勝は顎を撫でるようにして千を見てから、大きな欠伸をした。

善六は千に小さく頷いて見せると、そっと居酒屋を出て行った。

「もう一本、おくれな」千が主に言った。

「あいよぉ」

主がのんびり答えている頃、善六は懸命に走っていた。距離は僅かに一町（約百九メートル）余、瞬く間に茅町一丁目の自身番に着いた。

「野郎、現われやがったか」富五郎が聞いた。

「へい」

「平太、皆に知らせて来い」と久兵衛が言った。「まずは弥五と何とか言うご浪人さんに伝え、弥五も走らせろ」

「承知いたしやした」平太が、飛び出して行った。

「親分」富五郎が言った。

「ん……？」

「日根です。ご浪人の名は、日根孝司郎」富五郎がしたり顔をして言った。

「それがどうした？」

「いえ、別に……」

「座って茶ばかり飲んでると、水っ腹になっちまう。行くぞ」

「へい」

富五郎は下っ引の頃に戻ったような錯覚に囚われていた。

「あれは、弥五じゃねえか」

新旅籠町で、蕎麦屋から長屋の木戸口を見張っていた伝八が、左右吉に言った。

「間違いねえっす。行ってみましょう」

蕎麦屋から出た左右吉らを、弥五が目敏く見付け、駆け寄って来た。

「見付けました」

「どこだ？」伝八が聞いた。

「《あなぐま》に勝が現われまして、後から卯平も来るそうです」

「皆には？」

「善六の兄ィが知らせているはずです」

「《あなぐま》に急ぎやしょう」

左右吉が地を蹴った。伝八と弥五が後を追った。

三人は鳥越橋を渡り、本多中務大輔の中屋敷と松平伊賀守の上屋敷の門前を通り、茅町を走り抜け、平右衛門町へと出た。

《あなぐま》を見通す物陰に、久兵衛らがいた。

「卯平の奴は来やしたか？」左右吉が聞いた。

「まだだ。どこかで油でも売ってやがるんだろうぜ」富五郎が言った。

「出過ぎていることとは、重々承知いたしておりやすが、ここから先、お任せ願えねえでしょうか」左右吉が膝に手を当てた。

富五郎が一瞬不愉快そうな顔をしたが、久兵衛が快諾したのを見て、渋々頷いた。

「三次さんに、日根の旦那」

「何か」三次が答えた。

「お二人に頼みがありやす」

「聞こう」日根が言った。

「その前に……」

左右吉は伝八に、平右衛門河岸にある船宿《山崎屋》に行き、舟を一艘借りて来るように頼んだ。

「そんな、貸してくれる訳ねえだろ?」

「雨乞の左右吉が使うと言えば、貸してくれるはずです。借りたら、近くまで漕いで来て下さい」

「分かった……」伝八が河岸の方へと走り去った。

「《山崎屋》とは、何があるんだ？」富五郎が聞いた。

「へい。客とのいざこざを内輪で片付けたことが」

「小まめに動くじゃねえか。俺のためにも、もっと小まめになってくれよな」

「相すいません。気を付けやす」

「で、何をすればよいのだ？」

日根が聞いた。三次も、身を乗り出している。左右吉の言葉に、三次の顔色が変わった。

「そればっかりは、ご免蒙りますめんこうむ」三次が横を向いた。

「来たぞ」日根が、遠くに卯平を見付けた。

まだ、豆粒程の小ささだ。

「俺は持ち場に行っておりやすから。頼みましたよ」三次に言った。三次は目だけで答えると、渋々通りに出て行った。

二人の動きに合わせて、左右吉も物陰を出た。懐には、先程借りた十手が収まっている。

卯平が来た。頬の傷を摩りながら、向かいから来る年増女を無遠慮に眺めている。

　年増女が横を向いた。ふん、と鼻を鳴らし、卯平が大きく一歩踏み出したところで、男とぶつかった。

「ご免よ」男が頭を下げ、脇に退いた。三次だった。立ち去ろうとした三次を卯平が呼び止めた。

「おかしな真似をしてくれるじゃねえか」

「何か……」

「何かじゃねえよ。おとなしく返さねえと、指を折るか詰めるか、二度と悪戯出来ねえようにしてやるが、それでいいか」

　どうなんでえ。卯平が、三次の襟を摑み、ぐいと引き寄せた。

「待っておくんなさい。何を仰しゃっているのか、とんと意味が分からねえんで」

「しらばっくれようたって、そうはいかねえんだよ」

　卯平が三次の袖を探ろうとした時、

「待ちな」

　左右吉が声を掛けた。左右吉は懐を僅かに広げ、十手を二人に見せると、何を揉めているのか聞いた。

「この野郎、俺の巾着を掏りやがったのに、盗ってねえなんて吐かしやがって」

「指を見せろ」左右吉が三次に言った。

三次が右手を差し出した。白く細長い指だった。人差し指と中指の脇が、硬くしこっているのが目に付いた。

「商売道具は正直だな。どこに隠した？」

「負けたぜ」三次が袂から巾着を取り出した。

奪い返そうとした卯平の手を払い、まだ駄目だ、と左右吉が三次の腕を摑んだまま言った。

「手間ぁ掛けて悪ィんだが、あんたもそこの自身番まで一緒に来てくれねえか」

「俺が、か」卯平が口を尖らせた。「俺は巾着さえ戻れば、いいんだよ」

「俺がこいつから口書を取るから、それに相違ございません、てぇ爪印を捺して貰えると助かるんだ。何、手間は取らせねえよ」

「面倒だな。俺は人を待たせているんだ」

「頼むよ。その代わり、何かの時は俺に言ってくれれば、お目こぼししてくれるよう、八丁堀の旦那に頼んでやるからよ」

「仕方ねえな。急いでくれよ」

「ありがてぇ」

三次の背に回り、押すようにして左右吉が続いた。その脇を卯平が歩いた。

「そこで曲がってくれ」

平右衛門河岸に出る路地だった。

「こっちに自身番なんてあったか」卯平が聞いた。

「御用聞きが間違えるかよ」

「…………」卯平は、首を捻って考えていたが、やはり思い付かないのだろう。

「ねえぜ」と言って、左右吉の顔を覗き込んだ。「てめえ、何か裏があるんじゃねえだろうな」

「あるんだよ」

路地の陰から現われた日根が、卯平の鳩尾に拳を叩き込んだ。卯平が唇の端から涎を糸のように垂らしながら、その場に頽れた。

「誰かに見られねえうちに運べ」命じたのは富五郎だった。

弥五と平太が両脇から抱え上げ、善六が先に立ち、伝八が借りてきた舟へと卯平を移した。

「あっしは、勝の野郎を連れて来やす」

左右吉は久兵衛と富五郎に言うと、通りに出、《あなぐま》へと走った。

《あなぐま》では勝が一人で飲んでいた。

「お前さんが、勝さんかい？」

「誰でえ、お前は？」

それが年上の者に対する口の利き方か、と怒鳴り付けたかったが、後でこってりと可愛がってやる、と我慢して、

「卯平兄ィの知り合いの者だ」と答えた。「兄ィが呼んでるぜ。急ぎだそうだ」

「何？　来ねえのかよ、ここには」

「だから、呼んでるって言ってるだろうが。俺だって忙しいのに、頼まれてここに来てやったんだぜ」

がたがた言いやがるのなら、俺は行くぜ。左右吉の見幕に驚いたのか、勝の物言いが丁寧になった。

「悪気はなかったんでさァ。どうか、連れてっておくんなせえ」

初めから、そう言え。左右吉は勝が勘定を済ませるのを待つ間に、千を盗み見た。

二合入りの銚釐が二つ空いていた。

誰の頼みで始まった事件なんだよ。文句の一つも付けてやりたいところだったが、これも我慢した。勘助殺しの一件は、鳥越の彦右衛門という大物に行き着こうとしていた。

「待たせちまったな」

「いいってことよ」

駆け出した左右吉に続いて、勝が河岸への路地に折れた。

「俺はよ、早く卯平兄貴のようになりてえんだ。お前さんも、そうなのか」

「別に……」

「何だよ、そういう言い方はねえだろう」

片袖をたくし上げた勝を無視して、左右吉は河岸へと走り込んだ。

「どこだよ？　兄貴は」

「そこだ」左右吉が舟を指した。半ばめくれた茣蓙の下に、気を失っている卯平の姿があった。

「何だ？　誰がやった？」

「俺だよ」背後から声がした。振り向いた時には、勝は日根の当て身を食らい、白日を剝いていた。

三

舟には、艪を漕ぐ伝八の他、卯平と勝を見張る久兵衛と富五郎と左右吉が乗り、他の者は歩いて昌平橋のたもとに向かった。酔いの回った千も、最後尾から付いて来る。

舳先に座った富五郎が、川風の冷たさに、思わず襟を掻き合わせた。左右吉は、暫く川面に目を遣っていたが、意を決したように、久兵衛に向き直った。

「親分、実は、ちいとしくじっちまったようで……」

左右吉は、金兵衛の行方が知れないことを話した。

久兵衛は、黙って聞いていたが、富五郎は大仰に眉をひそめて見せた。

舟が着いた。久兵衛は、左右吉の肩に手を当て、「任せておけ」と呟くように言った。

昌平橋のたもとには、火盗改方の同心・寺坂丑之助と田宮藤平が、手配しておいた駕籠二挺とともに待っていた。

「首尾よう運んだようだな」寺坂が言い、酒臭い千に顔を顰めた。

「抜かりはございやせん」富五郎は、千を隅に追いやると、己一人の手柄のような顔をして答えた。

寺坂と田宮が駕籠を挟み、その後から左右吉らが続いた。辻番所を二つ過ぎ、稲葉丹後守の上屋敷の大門を越したところで左に折れ、錦小路に入った。

火盗改方の役宅には、公儀に許された牢と拷問部屋があった。

拷問部屋に移された卯平は、下帯一つの姿で縛られ、石畳に放り出された。勝は牢に入れられているのだが、卯平は知らない。

石畳の冷たさに、卯平が息を吹き返した。

己がどこにいるのか、見当も付かなかった。

(ここは、どこなんでえ……)

誰もいない。目に見えるのは、石抱き用の伊豆石と縄を縒り固めて棒状にしたものと、滑車から釣り下げられた縄だった。縄の下には、樽があった。水を湛えているとすれば、使われ方は唯一つ。逆さ吊りにして頭から樽に浸けるのだ。

卯平は全身に冷水を浴びせられる思いだった。拷問部屋であることは間違いない。しかし、捕まったとしても、まずは大番屋で取り調べがあるはずだ。それが真っ直ぐ拷問部屋に回された、ということは……。

卯平は、ここが町奉行所であるように祈った。町奉行所ならば、まだ手加減が望めたが、火盗改方ならば手加減とは無縁のところだ。責め殺されても、自害と届けを出されれば、お調べもない。それが火盗改方だった。

頑丈な戸が開き、羽織袴の武士が現われた。凝っと見た。身拵えからして、ただの同心じゃねぇ。与力か。町奉行所の与力に、こんな顔の奴がいたか。懸命に思い出そうとしたが、分からなかった。

「気が付いたか」笹岡が言った。

「…………」

「ここがどこか、分かっていような？」

「……どこ、なんで？」

唾が咽喉に絡み、声が上擦った。畜生、小物に見られちまうじゃねえか。虚勢を張ろうとしたが、足に来た。足が小刻みに震え始めた。

笹岡は、卯平が聞き損じないようにゆっくりと言った。

「神田橋御門外だ」

卯平はきつく目を瞑った。駄目だ。仏滅と三隣亡がいっぺんに来やがった。よりによって、火盗改方だ。

逃れる術(すべ)はない。腹を括るしかなかった。

そっと拷問道具に目を遣った。どこまで耐えられるか自信はなかったが、耐えるしかなかった。問われることは、鳥越の元締のことだろう。もし抗(あらが)いもせずに口を割ったとなれば、たとえ火盗改方から御放免となっても、日を置かずに大川に浮かぶだろう。

何で、こんなことになっちまったんだよ。俺が何をしたって言うんだよ。

そこで突然、勝のことを思い出した。あいつはどうしているのだろう。《あなぐま》で待っているはずだ。約束の刻限に俺が行かなかったら、何かあったと思い、慌てて元締に知らせるに違いねえ。元締の名で調べてくれれば、掏摸(すり)の騒ぎがあったと知れるだろう。ここは、何としても、耐え抜くしかねえ。卯平は唇を嚙(か)み締めた。

「初めに言っておくが」と笹岡が言った。「私は責め問いが好きではない」

「へい……」卯平は、笹岡の口から次に出て来る言葉を待った。

「叩く。肌身が破れ、肉が裂け、血が飛び、白い骨が出る。喚(わめ)く。呻(うめ)く。泣く。だが、こちらも問い質(ただ)さねばならぬ。吐かぬ以上、何度も何度も叩き、水に浸け、時にはやり過ぎてしまうこともあるが、それでも聞き出すためには続けなければならぬ。辛いのだ、こちらもな」

どうだ、と笹岡が言った。手間を省こうではないか。

「勘助の家の家捜しをしたのは、お前と勝だということは分かっている。命じたのは、鳥越の彦右衛門だな？」

「そうじゃねえ」

「ならば、誰だ？」

「俺だ。俺の独り決めでしたことだ。誰に命じられた訳じゃねえ」

「強情を張ると痛い目を見るが、いいのか」

「違うもんは違うとしか、言いようがねえ」

「では、致し方ないな」

笹岡が戸口を振り返り、手を叩いた。

襷掛けをした寺坂丑之助と田宮藤平が、久兵衛以下左右吉らに軽く頷き、戸口を開け放った。

二人は卯平を引き摺り起こすと柱に縛り付けた。寺坂が脇差を抜いた。

「何しやがるんでえ」

卯平の叫びを無視して、寺坂が脇差を下帯に差し込み、紐を切り落とした。下帯が落ち、下半身が露になった。

戸口の脇から見ていた千が、目をきらきらさせている。

「あのようなことまでするのか」日根が左右吉に聞いた。

「町奉行所とは違いますからね、ここは。吐かせるためなら、腸を引き摺り出すことも厭いやせん」

「凄いものだな」

日根は戸口から下がって、控えの間の小上がりに腰を下ろした。小上がりに切られた炉には、鉄瓶が下がり、湯が沸いている。その周りを囲んで、久兵衛らが座を占めていた。

「茶でも淹れやしょうか」左右吉が言った。

「うむ」

硬い物を身体に打ち付ける音がした。縒り固めた縄の棒で、打ち据えているのだろう。

千は、戸口の脇に立ったまま、息を詰めて見入っている。音がする度に、腰の辺りがぷるっ、と震えた。

「あのように、吐かぬものなのか」日根が、手にした茶を一口啜った。

「どうでしょうか。此度の一件は、吐いたら鳥越と《室津屋》を追い込むことになりやすし、吐いたと分かれば、必ず殺されちまうでしょうからね」

「殺しの請け負いとは、そのように儲かるものなのか」

「相手が大名旗本となると、大金が動きやすからね」

「大名家でも、町屋の者に殺しを頼むのか」

「それはございますよ。御家中の者を使えば、後で露見することもあるでしょうが、殺しの請け人を使えば、金を渡せばそれまでですからね。恐らく《室津屋》などは、殺しの仲介をして恩を売り、一手に呉服を扱わせて貰い、暴利を得ているんでございますよ」

「成程な」

「だから、例えば、《室津屋》が信濃国の牧野様御家中とか、常陸国の丹羽様御家中とかに、めでたくお出入りが叶ったのも、そのお蔭なんだと思いやすよ」

「丹羽家とは、笠森十三万石丹羽家がことか」

日根が、弾かれたように大声を発した。

「左様ですが……」

「誰を殺したか、お主、知っておるのか」

「確か、国許で城代家老派と次席家老派のいざこざがあって、次席家老派の柱となっていたお方が、江戸のどこかで殺されたとか聞いておりやすが」

「それだ。御留守居役と料亭に赴き、その帰り道、賊に襲われたのだ。北川様が亡くなられたがために、次席家老派であった我々は……」

　日根が拳を畳に打ち付けた。

「旦那のお国は笠森だったんでやすか」

　久兵衛らが凝っと日根を見つめている。千も、責め問いから目を離した。

「その北川様ってお方の殺しを依頼したのは、城代家老でしょうか」

「問い質さばならぬ」立ち上がった日根を久兵衛が制した。

「旦那、話は聞きました。お気持ちは分かりますが、ちいとだけ辛抱しちゃあいただけませんか」

「待つとどうなるのだ？」

「卯平は間もなく落ちます。その後で聞いた方が、嘘はなくなるはずです」

「まっこと落ちるのか」

て行った。

前谷は、左右吉らの前を通り過ぎると、責め問いの行なわれている部屋へ入っ

同心の名は、前谷鉄三郎。若いが切れ者と言われている男であった。

久兵衛が新たに拷問部屋に入って来た同心がいることを、日根に教えた。

「ご覧下さい」

「どうだ？」笹岡が前谷に聞いた。

「勝が吐きました」前谷が卯平の耳に入るよう、声を上げた。

打ち据えられ、皮膚が破れ裂け、血達磨になっていた卯平が、身体をぴくりと震わせた。

「実か」

「はい」

「して、何と申した？」

「勝が勘助の着物の袖から、書き付けを見付けたそうです」

「聞いたか、卯平」笹岡が、卯平に水を浴びせるよう寺坂に言った。

桶の水が、卯平の顔と胸にぶちまけられた。

「しゃんとして答えろ。その紙には何と書かれていた？」笹岡が言った。

「今更隠し立てして何になる。吐くのだ」寺坂が卯平の耳許で怒鳴った。

「勝も、ここに……？」卯平が聞いた。

「楽にさせてやりたかったら、吐け。勝だって、ちらとは見ただろう。お前が吐かないとなれば、奴を容赦なく責めるぞ」

歯を食い縛っている卯平を見つめ、笹岡が足を柱に縛れ、と田宮藤平に命じた。

卯平の足首が、縄で固くいましめられた。

笹岡は隅に行き玄能を取って来ると、卯平の鼻先に突き付けた。

「何に使うか、分かるか。これでな、足の指を一本一本、叩き潰してくれるのだ。それでも言わぬとあらば、褒めてつかわそう」

「止めてくれ。お願えだ」卯平が首を激しく左右に振った。

「では、言うのだな？」

「勘弁して下せえ。俺たちゃ殺されちまう」

「言わぬのだな？」

笹岡が、玄能を振り上げて卯平を見た。

「凄いよ」と千が左右吉に言った。「足の指が、むずむずしちまうよ」

声に艶があった。楽しんでいる。

「おめえも、大変な女だな」

左右吉は千に言い置くと、「出番だ」と呟いてから、

「恐れ入りやす」笹岡に声を掛けて進んだ。「出過ぎた真似をいたしやすが、旦那、ちょいと待っておくんなさい」

「何だ?」

「あっしは、こいつを騙して取っ捕まえる前、お目こぼしの約束をしちまったんでさあ。ですから、少しだけで結構でございやす。話をさせていただけねえでしょうか」

「左右吉、己の立場を考えて物を申せ。許さぬぞ」

「旦那、足の指を叩き潰されたら、歩くのに難渋しちまいやす。それじゃ、あんまり可哀相じゃねえですか。お願いでございやす」

「………」卯平に背を向け、笹岡が目で合図した。「少しだけだぞ」

「ありがとうございやす」

左右吉は卯平に、水を飲むか、と聞いた。卯平が、目を泳がせながら、僅かに顎を咽喉許に引き寄せた。桶の水を柄杓で掬い、口許に寄せた。卯平は柄杓に嚙

み付くと、咽喉を鳴らして飲み干した。

「すまねえな。火盗改でも、ここまでやるとは思っていなかったんだ。痛え目に遇わせちまったな」

「…………」

「でもよ、これ以上、堪えるのは無理だ。身体をぶっ壊されちまう」

破れた皮膚から流れ出た血が、汗と水とともに伝い落ちている。

「おめえさんの根性は認めるが、命あっての物種じゃねえのか」

「冗談言うねえ。命なんぞ、端から捨ててらあ」

「今さっき、殺されちまうと喚いていたのは、どこの誰でえ。無理するんじゃねえよ」

旦那、と左右吉が笹岡に聞いた。卯平と勝ですが、正直に話したら、鳥越の彦右衛門の目の届かない土地に御放免していただくって訳にはいきやせんか。

「そうよな……」

笹岡は暫し考える振りをしてから、承知して見せた。

「どうだ？　ここで吐こうが吐くまいが、火盗改に捕まったとなれば、吐いたと決め付けられることは間違いねえんだ。今なら間に合う。旦那の気が変わらねえうちだぞ」

「どけ」と笹岡が左右吉に言った。「右足の親指からだ。一、二本潰せば、気も変わるであろう」

「卯平、決めろい」左右吉が卯平の足を庇うようにして叫んだ。

「言う」

卯平が涙と洟水を垂らしながら、首を縦に振った。

笹岡は左右吉と入れ替わると、直ちに問うた。

「勝が見付けた書き付けは、勘助が《室津屋》から掏った紙入れに入っていたものに相違ないな？」

「……へい」

「お前が目を通したことは、勝が吐いた。何と書かれていた？」

「いついつ、どこで……、とそんなことが」

「書いてあった通り、申してみよ」

「『八日　未ノ刻　《川なみ》　鳥』。それだけでした」

《川なみ》は、三好町の御厩河岸の渡し場近くにある老舗の料亭で、彦右衛門の下っ端・伊之助が言った黒船町の料亭《くろ舟》とは目と鼻の先であった。

書き付けは受け取ったら即刻燃やす約束で書かれたものだったが、掏られるとは思ってもいなかった《室津屋》は、万に一つも間違えないようにと紙入れに入れておいた。それを、まんまと紙入れごと掏られてしまったという経緯を、卯平がつかえながら話した。掏ったのが勘助だと分かったのは、やはり地回りの男が知らせて来たからだった。

無論、八日の会合は流れている。

卯平は、鳥越の彦右衛門に書き付けを取り返せと命じられ、家捜しを実行しただけで、殺しには関わっていなかった。勘助を殺した請け人は誰かと問い質したが、卯平の知るところではなかった。金兵衛の所在についても尋ねたが、やはり知らなかった。隠し立てしていることは、なさそうだった。

ともあれ、これで《室津屋》治兵衛と鳥越の彦右衛門が繋がった。

後は《室津屋》が殺しの依頼を仲介したか、彦右衛門が請けたかを探り出せば、お縄に出来るのだが、そこが問題だった。

「繋がりを隠すために、事情を何も知らねえ勘助を殺めるような輩です。生半なことでは、尻尾は出しそうにありやせん」

「いかがいたす所存だ？」

「その件は後でお話しさせていただきますが、その前にちと卯平に聞きたいことがございやす。よろしいでしょうか」

「任せる」

左右吉は日根孝司郎を呼び、構いません、聞いて下さい、と言って脇に退いた。

日根は、怯えている卯平の前に立つと、元の身分を名乗った。

「私は常陸国笠森十三万石丹羽家に仕えていた、日根孝司郎と申す。二年前の二月、急遽国表から呼び出された組頭の北川太兵衛様が芝口南で賊に襲われ、殺害された。覚えがあろうな？」

「………………」卯平は関わっていなかったらしく、茫然として聞いている。

「二年前の二月だ。彦右衛門の手の者が殺したことは分かっているのだ。心当たりがあろう？」

「旦那、元締が殺しの請け人のようなことをしているらしいって話は、噂には聞いたことがございます。でも、それが本当だとしても、俺はそんな仕事に加えて貰える程の大物じゃねえんです。知りません。本当です」

「彦右衛門が使う殺しの請け人は、誰だ？　見聞きしたことがあろう」

笹岡も左右吉も、思わず聞き耳を立てた。

「そんなおっかねえのを、元締は俺たちになんか教えやしません。見たことも名を聞いたこともございません」

「だったら、そのような者と元締を繋ぐ者がいるだろう。お前どもの兄貴分で、彦右衛門の信頼の篤い者は誰だ？」

「それは……要蔵の兄貴で」

「要蔵と申すのだな。どのような男だ？」

「何と言うか、血が通ってねえと言うか……」

「存じておるか」左右吉に聞いた。

「さあ、あっしには、そこまでは」

「卯平の言うことは間違っちゃおりやせんぜ」久兵衛だった。「彦右衛門の縄張りで不始末をしでかした奴は、必ずと言ってよい程、簀巻きにされて大川に投げ込まれます。そのお役目を一手に仕切っているのが要蔵だと、小耳に挟んだことがございます。そうだな？」

久兵衛が卯平に聞いた。

「そんな風に、聞いています」

「では、彦右衛門か要蔵を締め上げれば、北川様を殺した者が誰か、頼んだ者が誰か、分かるのだな？」

「旦那、そいつは無理でございます。奴どもは口を割りません。割る前に死にますよ」

「やってみなくては、分からぬだろう」

「お気持ちは分かりやすが、あの手の者どもの肝の据わり様は、尋常一様じゃござんせん。要蔵にしろ、彦右衛門にしろ、一筋縄じゃあいかねえ相手と思っておくんなせえ」

「そうか……」

力無く、腕を組んだ日根に代わり、笹岡が左右吉に聞いた。

「此奴と勝だが、二人がいなくなったと気付かれると怪しまれるのではないか。どうするつもりだ？」

「ご心配はいりやせん。親分と手は考えてありやす」

左右吉が耳打ちをすると、笹岡の顔が小さく弾けた。

「よし。では、此奴を牢に入れておけ」寺坂と田宮に命じた。

卯平の縄が解かれた。傷の手当が施され、着物と新しい下帯が与えられた。

「旦那、勝の奴は？」

「初めから牢にいるから心配するな」笹岡に言われ、卯平の頬が緩んだ。

　さて、と笹岡が寺坂らの後ろ姿を見送りながら、左右吉と久兵衛らに言った。

「これからのことだが、いかなる手順を踏むべきかな？　存念あれば申せ」

「彦右衛門の周りをちょいと調べただけで、直ぐさま左右吉の奴は襲われたんでございます。ならば、こそこそやらねえで、いっそこちらから脅しをかけてみるってのは、どうかとなったんでございます」

「成程、それも手だな」

「へい。鳥越はどうか分かりませんが、《室津屋》治兵衛ならば、慌てて尻尾を出さねえとも限りやせん」左右吉が答えた。

「誰か付けるか」

「鳥越の胸倉を締め上げたくてうずうずしている用心棒がおりやすので、今のところはその者一人で大丈夫か、と」

　笹岡が日根を見た。日根は壁を見つめたまま、何か考え込んでいる。

「腕の方は大丈夫なのか」

「かなりのものでございます」

「分かった」

「申し上げます」久兵衛が声を上げた。左右吉は久兵衛の後ろに下がった。「左右吉からは言い出しにくいようですので、あっしから申し上げます。実は、鳥越に捕らえられている者がいるかもしれないのでございます」

「何と」

「あっしども、今まで知らなかったんでございますが、此度の一件で、行き方知れずになっているのが一人、いるんでございます。金兵衛という左右吉の昔馴染で、鳥越のことを調べる手伝いをしてくれたそうです。ところが、それが鳥越にばれちまって、どうも連れ去られちまったようで。以来、金兵衛の消息を左右吉は気に掛けているんでやすが、皆目見当も付きません。その金兵衛に、左右吉は手前の塒を善光寺前町の日払い長屋と教えてありまして、もし金兵衛の奴が捕まっていたとしたら、金兵衛の口から長屋の所在が分かるはず。鳥越は必ず長屋を襲わせるでしょう。運良く相手を捕まえられれば、鳥越の尻尾を捕まえられますし、金兵衛を救い出す手立てともなりましょう。危ないやり方ですが、やってみて損はないように思います。いかがでございましょうか」

「その長屋の者に危害が及ばぬよう、どこぞに移り住まわせねばならぬな」

「ご心配には及びません。どうやら肝っ玉の据わった大家のようで、一月の間借りようという時に、斬った張ったがあるかもしれねえが、と言ったところ、店賃を三倍くれりゃあ構わねえ、と申していたそうですし、店子たちも、角樽一つでいい、と申しているとか」

「実なのか、左右吉」

「……ご迷惑をお掛けしやす」

「否やはない。必ず助け出してやれ。その長屋には、寺坂と田宮を差し向けよう。存分に使え」

「ありがとう存じます」

左右吉は地べたに額を擦り付けた。


その頃――。

卯平と勝の塒である新旅籠町の長屋を、富五郎の下っ引の繁三と弥五が訪ねていた。

「卯の字は？」繁三が大家に聞いた。

「昨日から」と大家が、繁三と弥五の姿を見回しながら答えた。「戻ってませんが」

「野郎。博打でしこたま稼いだと思ったら、俺たちに金も返さねえで、勝を連れてふけやがったな」

「当てたんで？」大家が、小さな目玉を音が出る程見開いて聞いた。

「こんな小汚え長屋なら丸ごと買えるくらいにな。畜生」

すっ飛ぶようにして長屋を出て行った繁三と弥五を、大家が口を開けて見送っていた。

四

三月十七日。九ツ半（午後一時）。

この日、《室津屋》治兵衛は朝から機嫌がよかった。跡を継がせる倅の嫁にと心積もりしていた、太物問屋の娘との話が、とんとん拍子に纏まり、来月にも結納を交わす段取りとなったのだった。

「おめでとうございます」

番頭らの挨拶が、胸に沁みた。

（これでお店も安泰というものです。よかった、よかった）

騒動を抱えた大名家や旗本家に取り入り、信用を得て、殺しの仲介をする。殺しを頼むのは、鳥越の彦右衛門ただ一人。鳥越の元締が差し向けた殺しの請け人が始末した後は、その大名家や旗本家に品物を納めさせて貰う。それだけで十分過ぎる儲けが出た。鳥越の元締も、殺しの請け金で過分な金子を得ている。お互い、何の問題もなかった。鳥越の元締は、こちらが裏切らなければ、決して裏切るお人ではない。心の底からの悪とは、そういうものなのだろう、と治兵衛は思った。

だが、このようなやり方は一代限りだとも思っていた。ひ弱な倅を見ていると、とても打ち明けられないし、またこのやり方をそつなくこなしていける器でもなかったからだ。

血肉を分けた倅に言えないでいるのだから、ここまで苦楽を共にして来た一番番頭にも、鳥越の彦右衛門との繋がりを話したことはなかった。知られなければ、漏れる心配がないからだ。これは、鳥越の元締から最初の時にきつく言われたことだった。

知っている者は、少なければ少ない程いい。

万一にも漏れた時は、お互い、三尺（約九十センチメートル）高い木の上に晒(さら)されることになるのですよ。お分かりですね。しっかり腹は括っておいて下さいよ。

そう言った時の鳥越の元締の目の恐ろしかったこと。あの目が、元締と呼ばれる者の目なのだろう。

「旦那様」と番頭が呼びに来た。「そろそろ、刻限でございます」

今日は、堀留町入堀(いりほり)近くの料亭で呉服問屋の集まりがあった。

《松前屋》からは、このところ宿持別家(やどもちべっけ)の仁右衛門が主の代わりに出て来るようになっていたが、あの男は好きになれなかった。

どこか探るような、品の無い目をしている。あのような男は、倅に代替わりをする折を狙(ねら)いすまし、ここぞとばかりに難癖を付けて来るのではないか。

何とかしないといけませんね。

思わず呟いてしまったのか。番頭が、振り向いて、尋ねるような仕種(しぐさ)をした。

「何でもありませんよ」

治兵衛は、中庭の木々を眺めながら廊下を渡り、店の帳場に出、留守を倅と番頭に頼んだ。

「いってらっしゃいませ」

奉公の者たちが口を揃え、それを耳にしたお得意様が笑顔を見せてくる。二言三言言葉を交わし、丁寧にお辞儀をして、店を出る。

小僧の貞吉が後ろから、ちょこちょこと付いて来る。

「貞吉、向こうに着いたらお小遣いをあげるから、一刻ばかし遊んでおいで」

「へい。旦那様。ありがとうございます」

「いいかい。若い時は苦労ばっかりだけど、我慢ですよ。我慢する木には花が咲きますからね」

「国のおっかさんに早く江戸見物させてやれるよう、一所懸命働きます」

「そうかい、そうかい」

気分がよかった。

麗らかに空も晴れていた。

ふと前を見ると、浪人者と若い町屋の者が連れ立って来るのが見えた。町屋の者は、どこか癖のある顔付きだった。

何かあっても面倒だからと、治兵衛は脇に避けた。

「これはこれは、《室津屋》の旦那じゃござんせんか」若い男が挨拶をした。

男に覚えはなかったが、客かもしれない。治兵衛は頭を下げ、名を失念した不調法を詫びた。

「申し訳ございません。どちら様でしたか、覚えが……」

「知らなくて当然だ。初めてお目に掛かるんだからな」

「何ですか、あなたは？」

「おめえと鳥越の彦右衛門がしたことを、全部知っている男だよ」左右吉であった。

一瞬棒のように身体を固めた後、治兵衛は無理に笑って見せた。

「何を仰しゃっているのか、分かりませんな」

「しらばっくれちゃいけねえぜ。御恐れながら、なんて御番所に駆け込んだりしねえからよ。ただ、俺にも甘い汁を吸わせてくんな、と言いたいだけよ」

「…………」

「近いうちに伺いやすんで、待っててておくんなさいよ」

鼻歌交じりに離れて行く左右吉と日根を、治兵衛は蒼白になった顔で見送った。

「今なら、誰が狙っても掏れるってもんだね」

と千が、《室津屋》と左右吉らを細く開けた障子の隙間から見ながら、隣にいる三次に言った。二人がいるのは、《室津屋》の見張り所に借り受けた煙草問屋の二階にある角の小部屋だった。鳥越の彦右衛門の屋敷の見張り所は、富五郎の顔で探せたが、大店のひしめく大伝馬町の表通りに見張り所を設けるには、火盗改方の名が要った。久兵衛は抜け目なく笹岡に口利きを頼んでおいたのだ。

「あっしなら褌だって掏れますぜ」

「生意気言うんじゃないよ」

忍び笑いをしている千と三次を、寺坂が睨んだ。寺坂は久兵衛とともにもう一つある障子の隙間から左右吉と日根らを見ていた。

首を竦めた千が、顔を障子に押し当てるようにして、二人の後ろ姿を見送った。

「心配はいらねえよ」と久兵衛が千に言った。「向こうにも、見張りはいるのだからね」

鳥越の彦右衛門が営む湯屋は、大き過ぎず小さ過ぎず、江戸の各所で見られる湯屋と同じような規模のものだった。

それは湯屋の隣に建てられている屋敷についても言えた。つましさとは無縁ではあったが、殺しの元締として江戸の闇に君臨する者の屋敷にしては、奢ったものがなかった。だが、襲い襲われることを覚悟して生きている者の屋敷である。屋敷の中には、命知らずの者どもが屯しているのだろう。迂闊に近付くのは止めた方がよさそうだった。

左右吉は、見張り所となっている小間物屋の二階をちらと見てから、湯屋の戸を開けた。

入り口から土間に入り、番台の者に湯銭と二階での茶菓子代を払い、二階に上がった。

左右吉一人なら、一階の脱衣所で着物を脱いで流し場に行き、風呂から出た後で二階に行くのだが、湯屋の二階は当初武士が刀を預けておく場所であったことから、茶菓子や囲碁将棋を楽しむ場所となってからも、武士は、まず二階に上がって刀を預けるのが慣わしになっていた。

まだ八ツ半前の湯屋は空いていた。

備え付けの小桶に湯を貰って身体を流し、石榴口を潜り、湯船に浸かった。熱い。肌身にぴりぴりと噛み付いて来る。それが気持ちよかったが、日根はとても耐えられぬと先に流しに逃げてしまった。湯に浸かったところだけ、肌が真っ赤になっていた。

流し場と脱衣所の境にある簀の子の上で身体を拭き、下帯一つで二階に上がった。

接待の番頭が茶菓子と煙草盆を持って来た。

「いい湯だったぜ」と左右吉が番頭に言った。「あれっくらい熱くねえと、湯とは言えねえな」

「ここらの方は熱いのがお好きで、格子を外して釜の中に入りたいと仰しゃる方もいらっしゃる程なんでございますよ」

「そいつは豪気だな」

「私は、そのうち火傷すると思いますが」

「かもしれねえな」

「では、ごゆっくりとなさって下さいませ」番頭が下がった。

日根が茶を啜りながら、悪そうなのはいないようだ、と言った。ここには身内の者は出入りさせぬのかもしれぬな。

「いいえ、おりやすよ」

日根が湯呑みをそっと置いて、どこだ、と聞いた。

左右吉は目の動きで、隅で将棋を囲んでいる三人組を指した。

一人は、五日前の夜、蔵前の八幡宮前で襲って来た時の、茶紺の棒縞であり、首に布を巻いている男は、左右吉に咽喉を突かれた弟分だった。

「ちょいとからかって来やす」

左右吉は、ひょい、と立って行き、男どもの脇にしゃがみ込んだ。

三人が仲間と思い、顔を上げて左右吉を見た。

「てめえ……」棒縞が、慌てて跳び退いた拍子に将棋盤を蹴った。

弟分も思い出したらしい。わっ、と叫んで、後退りした。一人残っていたが、二人が逃げたので、遅れじと這って下がって行った。

「挨拶も出来ねえのかよ」

「何しに来やがった？」棒縞が叫んだ。

二階が水を打ったように静まり返った。

「風呂ィ入りに来たのよ。ここは湯屋だろうが」

棒縞が懐に片手を差し入れ、辺りを見回したところに、階下から上がって来る者がいた。

男は、細く冷たい眼差しを棒縞から左右吉に移すと、「どちらさんで？」と聞いた。

「俺かい？　あいつの」と言って、左右吉は首に布を巻いている弟分を顎で指した。「咽喉を突っ突いた者だ」

男の目が、更に細くなった。顔の色が蠟のように白かった。

「もしかして、お前さんが要蔵さんかい？」

「……よくお分かりで」

「聞いたんだよ。おめえさんは、どんな奴か、とね。その返事がいいやね。『血の通っていない男』だとよ。だから、直ぐ分かったんだよ、ああ、お前さんのことだな、と」

「ご冗談が過ぎますな」

と言って要蔵が、こちらを見ている日根に気付いた。

「お連れ様で」

「用心棒だ。俺は気が小さいんでな」

要蔵は、日根の引き締まった身体を見つめると、左右吉に言った。

「そのままで結構です。掌を見せて下さいますか」

「何の真似だか知らねえが、これでいいのか」左右吉は、要蔵に掌を開いて見せた。

「私は易の方に詳しいのですが、お気の毒に、あなたは長生き出来ないようですね」

「見料はいるのかい？」

「いいえ、今日のところは結構です」

「後で払えと言っても、聞かねえぜ」

「申しません」

要蔵は腰を上げると、階下に消えた。棒縞どもが続いた。

第五章　修羅

一

　三月十八日。五ツ半（午前九時）。

《室津屋》治兵衛の見張りを火盗改方同心の寺坂と久兵衛らに頼み、左右吉は日根を伴って土腐店の金兵衛を訪ねた。

　万一彦右衛門の手の者に連れ去られたとしても、金兵衛のことだ。逃げ出したかもしれないという一縷の望みに縋ったのだが、やはり今日もまた、金兵衛の姿はなかった。

　身の危険を察知して隠れたか、あるいは善光寺前町の日払い長屋に潜んでいてくれたら……。微かな望みだったが、それを左右吉は捨て切れなかった。

善光寺前町に回った。

日払い長屋にも金兵衛は来ていなかった。

もう、かれこれ五日になる。胸の奥にしこった塊が大きくなっていくように思えた。仕方なく、見張り所に戻ることにした。

建ち並ぶ寺社の門前町を通り抜け、大名屋敷の土塀沿いに歩いている時、日根が、尾けられているぞ、と呟いた。

「いつからのことで?」

「気付いたのは今少し前だが、恐らく日払い長屋を出た辺りからだろう。土腐店の時には、気配はなかった」

「もし、彦右衛門の手の者だとすると?」

「金兵衛が吐いたのだろうな」

「やはり捕まっているんでやすね……」

「そう考えるのが妥当だろうな」

左右吉は唇を噛み締めた。

日払い長屋辺りから尾けられたとしたら、お半長屋が本当の住処だということまでは知られていないことになる。

「尾けているのは、一人、で？」

「もう少し多そうだ」

「襲う気でしょうか」

「そこまでは分からぬが、見張り所には戻れぬな」

「では、どこの誰が尾けているのか調べやしょう」

「捕まえるのか」

「跡を尾けるんですよ」

「我々が、か？」

「お任せ下さい」

左右吉がずんずんと歩き出した。日根も黙って脇に並んだ。

堀の流れに沿い、三筋町を通った。鉤の手に曲がれば、元鳥越町の町屋に入る。

「よいのか」日根が聞いた。

「見張り所には、富五郎親分と田宮様がおられやす。どっちかが尾行している奴に気付いてくれるよう祈って下さい」

「成程の」

左右吉と日根は、湯屋の前を通ると彦右衛門の屋敷を覗くような振りをして、十曲りへと抜けた。

「何をしているのだ？」二人を目に留めた田宮が、呟いた。「折角、我々が見張っているのに、覗く奴があるか」

「そんな駆け出しのような真似をする奴じゃねえんですが」唇を摘まんだ富五郎が、駆けるようにして尾けて来た三つの影に気付き、「旦那」と言って、軒下の影を指さした。

「奴ら、尾けられております。多分左右吉は、そのことを知らせようとしたのだと思いますが」

「逆に尾けろ、と言う訳か」

「へい」

「よし。俺が行こう」田宮が刀を腰に差した。

「繁三、弥五、お供しろ」

「あっしは？」平太が言った。

「てめえは、俺とここを見張るんだ」

田宮の後から、繁三と弥五が脇の路地から通りに出、影の後を追った。

見張り所が急に広くなった。

「俺の勘によると、今日はこれ以上何も起こらねえな」富五郎が手足を伸ばしながら平太に言った。「この先に、団子屋があっただろ」

「へい」

「腹ァ減ったじゃねえか。十本ばかり買って来いや」

「いいんで？」

「あの同心の奴、堅苦しくていけねえや。ちっとは、休もうぜ」

銭を受け取った平太が、拍子を付けて立ち上がった。

「いいか。裏から裏へ軒を伝って行くんだぞ」

「心得ております」

「急いでな」

階段を駆け下りて行った平太が、間もなくして団子の包みを手にして戻って来た。

「八本しか買えませんでした」

「銭が足りなかったのか」

「いえ、評判の店だそうで、一人八本までしか売ってくれねえんで」

「仕方ねえ。俺は五本で我慢しよう」

「へい……」

平太の口の端が目に見えて下がった。


その頃——。

田宮と繁三と弥五の三人は、尾行に難渋していた。

先に立った繁三が、間合いを詰められずにいたのだ。

大大名家の上屋敷が並び、人通りが少ない上に、身体を隠すものがない。その上、左右吉らを尾けている三人が、交代で振り向くのだ。

尾行に気付いているようには思えなかった。尾行をする時の心得として、自らが尾けられないようにと警戒しているのだろう。

それが鳥越の配下の者すべてに行き渡っている心得ならば、彦右衛門という男の周到さには舌を巻くしかない。繁三は身の竦むような思いがした。

間合いの空いたまま八名川町の角を曲がったところで、繁三らは三人の姿を見失ってしまった。

「どこに行った？」

三人を探そうとする田宮を、繁三が押し留めた。

「ここは、目立たねえ方が」

「何故だ？」

恐らく左右吉らはここで尾行を撒いたのだ、と繁三は言った。そのために、三人はこの辺りで左右吉らの姿を探し回っているに違いない。そのような時に、目の色を変えて奴どもを探しているあっしたちと出会したら、尾けていたと知られてしまう。ここは無駄な動きを控え、後は運を天に任せるしかないのではないか、と繁三は柔らかく申し立てた。

田宮に、異を唱える余地はなかった。

「致し方あるまい」田宮は渋々と引き下がった。

夜になり、左右吉と日根が小間物屋の二階に行くと、田宮と富五郎らが不機嫌な顔をして見張りに付いていた。

尾行に失敗したことは問うまでもなさそうだったが、聞くしかなかった。

「すまねえ」と繁三が言った。「俺が弱腰だったのかもしれねえ。間合いを空け過ごちまったようだ」

「謝るのはこっちの方で。途中で、つい奴どもの素性を見極めてやろうと夢中になっちまって、七曲りなんぞに連れ込んじまいやした」

「それで、何か分かったのか」富五郎が聞いた。

「咽喉に布を巻いているのがいたでしょう?」繁三に尋ねた。

繁三は、寸の間眼差しを漂わせていたが、思い至ったのか、大きく頷いて見せた。

「あれは、俺が突いた咽喉の傷を隠していたんでやすよ。少なくとも三人の中の一人は、彦右衛門の手の者に相違ありやせんでした」

「てえことは、彦右衛門も牙を剝こうとしているって訳か」富五郎が言った。

「間違いございやせん」

「よし、繁三、弥五、平太、一人では動くな。必ず二人以上で動け」

「親分も、ですぜ」弥五が言った。

「当ったり前だ。まずは命あっての物種だからな」

田宮が、富五郎と弥五の顔を見てから、左右吉に言った。

「金兵衛は、やはり奴どもの手に落ちていると見るしかあるまい」

「残念でございやすが」

「…………」富五郎らが黙った。

「こう申しては何だが、これで日払い長屋に罠を張れるというものだな」

田宮が言った。

「へい……」

左右吉は田宮に答えながら、日根の顔を見た。

「その日払い長屋とやらへ、早いうちに引き移った方がよいのではないか？」

日根が言った。

「お頼みします」

左右吉が頭を下げた。

翌十九日、二十日の二日間は、何事も起こらなかった。

鳥越の彦右衛門と《室津屋》治兵衛に動きがあったのは、翌日の二十一日だった。

その日。

八ツ半（午後三時）。

一挺の駕籠が《室津屋》の前に着いた。番頭らに見送られて治兵衛が乗り込んでいる。

「出掛けるようです」

窓辺にいた善六が、久兵衛と寺坂に告げた。

「よし。善六、てめえからだ」

善六、伝八に続いて久兵衛と寺坂が階下に下り、駕籠の跡を尾けた。寺坂は羽織を脱ぎ、浪人風体になっている。

駕籠は通旅籠町の料理茶屋《菊屋》の門前で停まると、治兵衛を下ろし、浜町堀の方へと去って行った。

「ここで彦右衛門と会うんでしょうか」伝八が聞いた。

「そうと決まった訳じゃねえんだ。商売仲間かもしれねえし、焦るんじゃねえ」

善六が早口で答えた。

「近えな」久兵衛だった。「僅か三町（約三百二十七メートル）ばかりのところに行くのに駕籠を呼ぶってのも、大仰じゃねえか」

「伝八、来い」善六が路地を伝って《菊屋》の裏へと駆けた。

裏木戸を抜けたところに、治兵衛がいた。《菊屋》の者に見送られ、待たせておいた駕籠に乗り込もうとしている。

「籠脱けだ。親分に知らせて来い」善六が命じた。

「どっちに行った、と聞かれたら、何と？」

「地べたに矢印を付け、道筋の自身番に話を付けて行く。それで、いいな」

「合点でさあ」

伝八が表に駆け出したのと同時に、駕籠も発った。浅草御門の方角だった。善六は、小石で地面に方向を刻むと、尾行を始めた。

駕籠は緑橋の手前で南に折れ、浜町堀に沿って走って行く。

見回したが自身番がない。

誰か、信用出来そうなのは、いねえか。橋を行き交う者を見回していた時に、伝八の姿が見えた。追い掛けて来たのだ。

助かったぜ。

善六は、進む方角を指で知らせ、地を蹴った。

駕籠は、汐見橋を東に渡ると、そのまま両国広小路へと向かっている。追い付いた伝八が、

「相手は」と息を切らせながら言った。「彦右衛門だと、寺坂様が仰しゃってま

した」

「当たり前だ。他に籠脱けなんぞする理由がねえ」

治兵衛を乗せた駕籠は、両国広小路を抜けると、柳橋北詰東にある平右衛門町の船宿《新野屋》の門の前で停まった。丸に新の字を染め抜いた《新野屋》の半纏を着た男衆が門の陰から走り出て来た。善六は咄嗟に伝八の袖を摑み、物陰に潜んだ。

男衆の二人が、駕籠の中を検めてから中へと導き、一人が駕籠の来た方を透かし見ている。尾行をしている者がいるかいないか、確かめているのだ。

「危ねえ、危ねえ」

善六の肩を叩く者がいた。ぎょっ、として振り向くと、久兵衛であった。

寺坂が、久兵衛と善六らに向かいにある松の木立を指さした。川風除けに植えられたものだろう。根方に富五郎らと同心の田宮がいた。田宮も浪人に見えるよう不精髭を蓄え、身形も崩している。

半纏の男衆が門の陰に消えるのを待ち、久兵衛らは松の根方へと急いだ。

「親分」と富五郎が、乗り出すようにして言った。

「彦右衛門も、来ているのか」寺坂が勢い込んで聞いた。

「今頃は、中で会っているかと」

「探れぬのか」田宮が久兵衛に聞いた。

「半纏の連中でございますが、先程の身のこなしから察するに、多分鳥越の息の掛かった者どもでございましょう。とすると、この船宿の本当の持ち主は彦右衛門かもしれません。ここは、危ない真似は止した方が無難かと存じますが」

「……そうか」久兵衛の説得に押され、田宮が引き下がった。

「中で何を話しておるのだ」寺坂が、松葉を毟り取りながら言った。


鳥越の彦右衛門と治兵衛は、二階の外れにある座敷にいた。その座敷から沈む夕日を眺めるのが、彦右衛門の唯一の楽しみであった。

「それは、きれいなものですよ」と彦右衛門が、夕日の沈んで行く様を話した。

「《室津屋》さんは、日が沈む音を聞いたことがございますか」

「音がするのでしょうか」

「しますとも。こう、ぎしぎしと軋むような音が、ね。私も、そんな夕日を見たのは、二回しかございませんが」

「……それよりも、元締……」

「その話は後で、舟の中でゆるりと。よろしいですね」

「申し訳ございません。気が焦ってしまい……」

「焦ることはございません。私に任せておけば大丈夫ですよ」

「はい……」

治兵衛が茶に手を伸ばした。茶碗を持つ手が小さく震えている。

万一の時は、この男も始末するか、と彦右衛門は思いながら、舟の支度が整うのを待った。

「動きがありました」河岸の様子を探らせていた善六の使いで、伝八が忍び足で戻って来た。「どうやら、舟の用意をさせていると思われます」

善六が見たところ、舟に料理が運ばれており、それを仕切っているのが要蔵らしい男であるという話だった。

「違えねえ。舟ですぜ……」富五郎が、田宮と寺坂に言った。

「こちらも舟を探して参れ」田宮が富五郎に言った。

「ここらの船宿は、裏で繋がっていないとも限りません。それでもでございますか」久兵衛だった。

「やらぬよりやった方がましであろう」

「やらない方がよい時もございます」

「ここで、手をこまねいて、凝っとしていろと申すのか」田宮が言った。

「見送ることなら出来ますが、行かれますか」久兵衛が聞いた。

「見送る、だと」田宮が眉を吊り上げた。

「どんな顔して乗り込むか、見てやるんですよ。二人が話すことは、ただ一つ。左右吉と日根様を、いつ、どこで、誰に殺させるかという相談ですからね」

「結局、殺しに来た請け人を捕らえ、口を割らせるしかないか」寺坂が呻くように言った。

「こっちも必死ですが、向こうも必死だってことです」

「勝たねば、な」寺坂が言った。

「負けりゃあ、左右吉と日根様はお陀仏ですからね」

「よし、面を拝んでやろう」寺坂が繁三に、河岸に案内するように言った。

　久兵衛らが物陰から見ているとも知らず、彦右衛門の仕立てた舟が大川に漕ぎ出して行った。船頭の他に舳先に見張りが一人いるだけだったが、それぞれが前方と後方に気を配っていた。要蔵らしい男は彦右衛門らとともに屋形の中にいるのだろう。

久兵衛はそこまで見届けると、左右吉に知らせてくれ、と善六に命じた。

善六が走り出した時、舟の中では、

「大船に乗った気でいなされば、結構でございますよ」と治兵衛の盃に酒を注ぎながら、彦右衛門が言った。「とっておきの請け人を差し向けますからね」

二

三月二十二日。四ツ半（午後十一時）。

町木戸が閉ざされて、半刻（約一時間）が経つ。もう半刻の後には、見附御門の小扉も固く閉じられる。

町屋に暮らす者の多くは、既に眠りに落ちている刻限であった。

「今夜、殺るつもりかえ」彦右衛門が要蔵に聞いた。

「早い方がよろしいかと思いまして」

「そうだね。誰を送ったんだい？」

「気配師、でございます」

「それは物入りだったな」

「損して得とれ、と申します。《室津屋》さんはまだまだこの先も金を生んで下さるお方。そう考えれば、安いものでございましょう」

「お前の言う通りだよ」彦右衛門は、盃を空けると、要蔵に勧めた。「前祝いだ。一つお飲み」

時を同じくして——。

気配師の姿は、善光寺前町の日払い長屋の路地にあった。

一番奥の店が、獲物の塒だと教えられていた。その男は、夕刻戻って来てから出掛けてはいない。

気配師は、路地に立ち、細い息を吐きながら長屋の様子を窺った。住み暮らしている家族は四組、木戸に近い四軒を占めていた。

その向こうに空店が並んでいるはずだったが、中から気配が感じられた。恐れをなした獲物が、救いを求め、人を置いているのだろう、と気配師は思った。

無駄なことよ。

気配師は、その場にしゃがみ込むと、ひたすら時の経つのを待った。

手前の一軒が、眠りに落ちた。一軒が落ちると、次々と他の店も眠りに落ち、残るところは奥の一軒だけになった。その向かいの店には日根という浪人がいると聞いていたが、呼気を読むと、寝ているとしか思えなかった。それだけの者なのだろう、と気配師は打ち捨て、獲物に的を絞った。

――お前さんが狙う命は一つ。左右吉という目明しの子分です。向かいに腕の立つ浪人で日根というのがいるが、それに気を付けさえすれば、難しい仕事ではないはずですよ。

そのように要蔵に言われたのだが、日根という浪人は大した腕とは思えなかった。序でに片付けてしまおうかとも思ったが、頼まれたのは左右吉の命である。足指をにじるようにして、辺りの気配を読みながら一寸刻みに左右吉の店へと進んだ。

奥の暗闇で何かが動いた。猫だった。

猫に夜気を乱されては、己が気配を断っている意味がなくなる。

そっと懐に手を入れ、このような時のために用意してある小豆を一粒取り出し、猫目掛けて弾き飛ばした。猫は驚いてどこかに消えたが、弾いた指が微かに鳴っていた。背に冷たい汗が浮いた。僅かに乱れた呼気が静まるまで、暫く待たなければならない。待った。その場に立ち尽くし、凝っと待った。

長屋の内の呼気に変わりは感じられない。行くか。

再び、左右吉の店に向かって足指をにじった。

手を伸ばせば、腰高障子に届くまでになった。気配師は、背帯に差した矢筒を取り出し、毒を塗った短い矢を仕込んだ。

足を踏み出し、腰を折り、腰高障子を唾で濡らして穴を開ける。

覗いた。闇に目が慣れるのを待った。黒い塊がうずくまっている。敷布団を二つに折り、柏餅になって寝ているようだ。綿が厚ければ、矢は貫らない。

布団に隙間が空くか、寝返りを打つのを待たねばならない。

遠く拍子木が鳴った。番太郎の夜回りだった。

拍子木の音の響きが、闇に吸い込まれた。詰めていた息をふっ、と吐いた。

その瞬間だった。向かいの障子が開け放たれ、黒い塊が飛び出して来た。

振り向く間はなかった。吹き矢で受けた。

そこで気配師の生涯は尽きた。痛みを感じることも、過ぎた日々を思い出すこともなく、吹き矢が二つに裂けると同時に、骸となっていた。

「何があったんで？」

寝床で抱え込んでいた心張り棒を手にしたまま、左右吉が腰高障子をがらりと開けた。足許に骸があった。近くの家からも火盗改方の同心・寺坂に田宮と前谷が飛び出して来たが、何が起こったのか分からず、茫然と骸を見つめている。

「こいつは？」と、左右吉が日根に尋ねた。

「請け人だろう。一つ借りを返したぞ」日根が言った。

寺坂と田宮が死体を検分している間に、前谷が左右吉に言った。

「骸は、こちらで始末しよう。夜が明けたら、寺に運ぶ」

「自身番へは？」左右吉が聞いた。

自身番に運び、月番の北町奉行所の定廻り同心に知らせるのが決まりだったが、それでは火盗改方が鳥越と《室津屋》捕縛に動いていることを話さねばならなくなり、ことが面倒になる。

「船頭は一人でよいのだ」

「承知いたしました」

左右吉は明樽を探して来て、日根に手伝って貰って亡骸を納めた。

朝まで気配師の帰りを待っていた要蔵は、しくじりを認め、彦右衛門に知らせた。

「次は誰にするつもりだい？」

「双つ蝶はいかがでしょうか」

「さすがは、要蔵だ。任せたよ」

「恐れ入ります」

要蔵は、請け人双つ蝶の塒へと向かった。三月二十三日になっていた。


三月二十六日。五ツ半——。

左右吉と日根は、飯に根深汁だけの遅い朝餉を摂った後、日払い長屋を出て、不忍池へと向かった。ここ三日ばかりは、何気なさそうに外をぶらつくことに時を費やしていた。請け人を誘い出すためである。

金兵衛の仕舞屋の界隈にも出向いてみたが、金兵衛の行方は杳として知れない。

左右吉はうつむきがちになる己を叱咤した。見付ける。何としても見付けてやるぞ。待っていてくれ。

松平伊豆守の下屋敷と上野の御山に挟まれた道は、人通りも少なかった。

間合いを空けて、寺坂と田宮に前谷が付いて来ている。殺しの請け人が襲って来たら、退路を断ち、今度は生け捕りにしようという策である。左右吉は、お半長屋の鳶から借り受けた、小振りの鳶口を握り締めていた。二尺（約六十センチメートル）程の棒の端に鉄の鉤を付けたもので、火事場で使うものだ。

「先日の男は吹き矢だったが……」日根が途中で言葉を切った。

左右吉は、次席家老派の北川という男が刀で襲われていたのを思い出した。日根は、刀を遣う請け人を待っているのだろう。

「不思議なもんでございやすね」と左右吉は、四囲に気を配りながら言った。「まさか、掏摸の勘助殺しを命じた彦右衛門が、旦那のお家の騒動とも関わりがあったとはね」

「……狭いものだな。世間というものは」

「あの小塚原で立会人をしていたお武家様ですが、あの方は城代家老様に付いていらっしゃるんで？」左右吉は話を振ってみた。

「小池か……。あれは、小池徹之進と申してな。彼奴は言ってみれば竹馬の友だ。付いた家老が違ったがために、今では敵と味方に分かれてしまったが」

「何で、ご家老同士がいがみ合ったんですかい？　言いにくければ、無理に聞き出そうってんじゃございせんが」

「もはや隠すこともなかろう……」

冷害による不作が続き、藩の財政の立て直しが急務となった時、城代家老は藩の御用商人と談判した。新たな土地の開墾を請け負わせる代わりに、開墾による収益の一部を与えるという約束を交わし、その上吏に藩の産物を江戸や京大坂へ卸す特権を、その者に与えたのだ。そのこと自体は、止むを得ぬ仕儀であったと思う。

「だがな」と言って、日根が続けた。「その御用商人から、秘密裏に莫大な金子が城代家老に流れていたのだ」

気が付いた勘定方から次席家老に知らせが入り、私や父が内密に調べているうちに、勘定方が殺され、私の父も襲われて深傷を負い、介抱の甲斐なく没した。

城代家老派の闇討ちだった。

「それからは、暗闘の繰り返しであった。私も、襲い襲われ、何人も斬った。その時の仇討ちと称して立ち合いを申し込まれたのが、あの小塚原の一件だ。相手は町田卜斎という者だった」

日根は、遠くを見るように視線を彷徨わせた。

騒動が激しくなった時、江戸の殿から、北川様に内密の呼び出しが掛かった。これで殿のお耳に上達が叶う。北川様は喜び勇んで江戸に向かわれたのだが、城代家老派の手が回って殺されてしまい、それからは流れが一気に城代家老派に傾いてしまった。気が付いた時には、日根家は家名断絶、家禄没収の上、領外追放となってしまったのだ。

「母は没し、病弱な妻と倅は、かつて私の屋敷に仕えていた小者の伝で、領外の山里に移り住んでいる」

「北川様を襲った請け人を見付けたら、どうするつもりです？」

「依頼した者の名を聞き出した上で、斬る。その者が知らなければ、鳥越に問い質す。その先は、まだ考えてはおらぬ」

「城代家老派を追い詰めた暁には、お家に戻られることになるんですかい」

「それは、ない。私の手は血で汚れてしまっているからな。戻れたとしても上手くはいかぬだろう」

「お侍も、大変でございますね」

「今頃分かったのか」

松平伊豆守に続き秋元但馬守の下屋敷の土塀が尽きると、道は灌木と東照宮の深い木立に挟まれる。不忍池にある弁財天(べんざいてん)に詣(もう)でる人もこの辺りまでは来ず、《いろは茶屋》に行く好き者の通り道となっていた。

「出ますかね？」と左右吉が聞いた。

「ここらは人目がないからな。わざわざ襲いやすそうなところを歩いてやっているのだ。出て貰わねばな」日根が、左右吉の右手を見た。鳶口を握っている。

「頑丈そうだな」

「何度も火事場を潜(くぐ)った品ですからね」左右吉が鳶口の棒を叩いた。

「使ったことはあるのか」

「なあに、日根の旦那が付いていて下さるんですから、これくらいで何とかなりやしょう」

「そうだとよいのだがな」

「それにしても、妙な気分ですね。襲われるのを待ち構えてるなんざ、まともな奴が考えるこっちゃありませんや」

「お主が決めたことであろうが」

　小さく笑い合った二人の後方で、乱れた足音がした。寺坂らのいる辺りであった。どうした？　振り向いた二人の目に、彦右衛門の手の者と思われる者どもと斬り結んでいる寺坂らが見えた。

駆け戻ろうとした二人の行く手を遮るように、脇の木立から白いものが躍り出た。

「おのれ」

双つ蝶と呼ばれる双子の請け人だった。白の着流しに白足袋、白拵えの刀を抜き払って構えた姿は、春先に飛ぶ紋白蝶を思わせた。兄の名は喬弥、弟は佑弥という。

「気の毒だが、命を貰い受ける」喬弥が言った。弟に比べ、僅かに背が高い。

「兄者はどっちを殺る?」佑弥が聞いた。

「こっちだ」喬弥が日根を指した。

「では、俺が此奴か」佑弥が左右吉を見て、つまらなそうに言った。「手応えがなさそうだな」

「ほざけ。ふん縛って、誰に頼まれたか吐かせてやるから、覚悟しやがれ」左右吉は鳶口を握り直し、身構えた。

「兄者、俺はやはりこいつでいい」

言ったと同時に佑弥の鞘から滑り出た剣が、光の筋となって左右吉の顔の前をよぎり、直ぐさま光となって戻って来た。太刀行きが速い。鳶口一つで凌げる相手ではなかった。

「油断するな」日根は、喬弥を見据えながら左右吉と肩を並べ、叫んだ。

「してねえ」左右吉も叫んだ。

「これも使え」日根が脇差を引き抜き、左右吉に渡した。

そこに兄と弟が、呼気を合わせて打ち込んで来た。日根は右に飛び、左右吉は左に飛んだ。退きながら鳶口を持ち替え、脇差を抜き、鞘を放り捨てた。右手に脇差、左手に鳶口の二刀流になった。

「来い」

左右吉が怒鳴った。修羅場には慣れていた。相手がいかに腕が立とうが、一対一の喧嘩になれば、相手を呑んだ方が勝つ。

左右吉は前に踏み出し、間合いを詰めた。押し返そうと、佑弥の剣が唸りを上げた。鳶口と脇差で交互に剣を受け、躱した。

「剣の心得があるのか」佑弥が聞いた。

「目録を受けた身よ。恐れ入ったか」

「冗談は、よせ」佑弥が本気で怒っている。「その程度の腕で、目録のはずはあるまい」

何だ、こいつは。そうか。左右吉は、佑弥の攻め口を見付けた。

「金で買ったのよ」へらへらとした顔を作って見せた。「剣なんて、そんなもんだろうが」

「黙れ、黙れ、黙れ。剣を馬鹿にしおって」

「剣を殺しの道具にしている奴が、何を吐かしやがる」

「…………」

佑弥の剣が地表すれすれまで下がり、撥ね上がった。転げるようにして逃げる左右吉を、佑弥の剣が執拗に追った。

「その大口を封じてくれる」佑弥は振り上げた剣を、左右吉目掛けて叩き付けた。

左右吉が脇差で受けた。刃と刃が嚙み合い、火花が散った。

「次はないぞ」

飛び退った。佑弥に合わせ、左右吉が前に飛んだ。

「……！」

佑弥の顔が引き攣った。

「あばよ」

左右吉が左手の鳶口を佑弥の胸に叩き付けた。鉤が佑弥の胸板に食い込んだ。

「げっ……！」

左右吉は力任せに鳶口をぐい、と引き下げた。血潮が噴き出した。白い着物が朱に染まった。

「兄者……」佑弥が、胸を抱えるようにして、その場に頽れた。

「佑弥！」喬弥が怪鳥のような悲鳴を上げた。目の端が、ぎりぎりと音を立てて吊り上がっていく。

思わず足を止めた日根に、喬弥の一剣が振り下ろされた。刀を弾くようにして躱した日根には目もくれず、喬弥は佑弥の傍らに駆け寄り、血潮に塗れた骸を揺すっている。

「おのれ……」

喬弥は幽鬼のように立ち上がると、左右吉に向かって斬り掛かった。一の太刀が走り、二の太刀が続き、三の太刀が左右吉の脇差と鳶口を次々と弾き飛ばした。

「死ね」

喬弥の刀身が鞭のように撓って、左右吉の肩口を襲った。左右吉は既のところで躱したが、尻から地に落ちた。

「これまでだ」

更に斬り掛かろうとした喬弥の剣を、日根の剣が受け止めた。「……！」

二人は縺れ、数合斬り結んだ後、左右に分かれた。

「何人斬った？」と喬弥が、日根に聞いた。

「お主ら程ではない」

「どうかな？　血のにおいがするぞ。ぷんぷんとな」

喬弥が間合いを詰めた。日根は動かない。

喬弥の剣が正眼から脇構えに移った。誘いを掛けたことになる。日根の剣が下段から八相に変わった。

喬弥が鼻を鳴らし、唇の端を歪めた。笑ったのかもしれない。

時が止まった。見合ったまま、ぴたりと静止している。

左右吉の背後の騒ぎが収まった。寺坂らを襲っていた者が、逃げ去ったらしい。寺坂らが駆けて来る足音がした。

来るな。左右吉が寺坂らを手で制した瞬間、喬弥の剣が斜め上に、日根の剣が斜め下に疾(はし)った。鋼(はがね)の弾ける鋭い音がした。鉄片が地に落ちた。鍔(つば)だった。

どっちのだ？

思わず日根の手許を見た。鍔があった。喬弥の手許を見た。鍔は飛び、右手の親指が皮一枚を残して垂れ下がっていた。喬弥の手から刀が落ちた。

日根が、静かに刀を鞘に納めた。

寺坂と田宮に続いて富五郎が、繁三と弥五を引き連れて、駆け付けて来た。喬弥が片膝(かたひざ)を突いた。

左右吉は、手拭(てぬぐい)で脇差の血糊(ちのり)を拭うと、投げ捨てた鞘を拾おうと腰を屈めた。

寺坂が喬弥の刀を拾い上げ、田宮が富五郎から受け取った捕縄を喬弥の胸に掛け回している。

田宮が縄を引き絞った。その時だった。喬弥は脇差を左手で抜いて縄を斬ると、田宮に一太刀浴びせ、富五郎を蹴り倒して左右吉に迫った。あと半歩で切っ先が届く。喬弥が脇差を振り翳(かざ)した。

「左右吉」繁三が叫んだ。

その刹那(せつな)、喬弥の動きが止まった。

背に、日根の投じた刀が深々と突き刺さっていた。

三

翌日も、その翌日も新たな請け人の気配はなく、三月二十九日になった。

双子の請け人も、既に明樽に詰めて寺に運ばれていた。今頃はもう、無縁塚に埋められているだろう。

六ツ半（午前七時）。

久兵衛配下の善六と伝八が帰り、交替で富五郎配下の弥五と平太が日払い長屋に詰めた。

負傷した田宮の欠けた火盗改方は、寺坂と前谷の二人になったが、昨夕寺坂が笹岡に呼ばれたため、今は前谷が一人で居続けている。

起き出して来た左右吉が、井戸端で水を汲み、顔を洗い、歯を磨き始めた。

木戸口近くに住んでいる大工の為が、道具箱を肩にして鼻歌交じりで歩いている。路地に足を踏み入れようとして、急に立ち止まり、慌てて脇に避けた。照れ笑いを浮かべている。

何だ？

と見る間に、路地から女が現われた。身形からして武家の奥女中と思われた。

女は辺りを見回してから、もし、と左右吉に言った。

「こちらに日根様がいらっしゃると承り、参上いたしました。おいでになられますでしょうか」

女は若く美しく、品があった。左右吉は余所行きの声を出した。

「どちら様で、ございましょうか」

「申し訳ございません。お家の名は明かせませんが、日根様と関わりのある……」

「では、笠森の？」

「……御留守居役様から文を預かって参りました」

「そうですかい。そいつは大変だ。ご案内いたしやしょう。こちらで」

左右吉は手拭と房楊枝を井戸端に残し、女の先に立った。

「ご造作をお掛けいたします」

「とんでもねえことで、ございやす」

丁寧に頭を下げ、先に立って歩き始めた左右吉だったが、ふと胸のうちに疑念が湧いた。

どうして日根さんがここにいるのを知っているんだ？　笠森の連中が知っているはずはねえじゃねえか。

反射的に左右吉は、前に身を投げた。背後から繰り出された懐剣が宙に流れた。

振り向いた左右吉の目が、女の懐剣に釘付けになった。

「何だ、てめえは？」

叫んだ左右吉の顎を女の足が蹴り上げた。背から地面に叩き付けられた左右吉に、女が両足を大きく広げて飛び掛かった。裾がぱくりと割れ、股間が覗いた。

「えっ」

一瞬動きの止まった左右吉の腹の上に、女が馬乗りになった。両の手は女の足に押さえられている。女が懐剣を振り上げた。

刃から逃れる術はない。思わず目を閉じた。

数瞬が経った。何も起こらない。どうした？

左右吉の顔に滴が落ちた。滴は頰を伝って流れて落ちた。

女を見上げた。女の咽喉に出刃包丁が刺さっていた。

頭の方から足音がした。日根だった。咄嗟に出刃包丁を投じてくれたのだ。

左右吉は女を押し倒し、起き上がった。

長屋入り口から逃げて行く男の後ろ姿が見えた。見覚えがあった。彦右衛門の片腕、要蔵だった。

「油断だぞ」日根が言った。

女の死体は裸に剝かれ、着物から髪の中まで調べられたが、身性を明らかにするものは何一つ見付からなかった。

「また、寺か」

前谷がいささか食傷気味に吐き捨てた。

七化けのお芳のしくじりを聞いて、彦右衛門の顔色が変わった。

「他に誰かいたかえ？」

「大坂に出払っておりまして、江戸にいるのは私一人で」要蔵が答えた。

「とは言っても、この七、八年、請け人の仕事はしていないじゃないか」

「血の味は忘れるものではございません。それに、毎年一人か二人は簀巻きにして大川に叩き込んでおりますし」

「殺れるかえ？」彦右衛門が下から掬い上げるようにして要蔵を見た。

「私に考えがございます。と申しますのも、万が一に備えて、ちいっと奥の手を用意してありますんで」

「ほう?」

「伊之助が出入りしている賭場に、あの左右吉という男を案内した野郎がいるんでございますよ。こいつを密かに捕まえてございます」

「何者だい?」

「判人でございます。ちんけな小物で、お耳に入れるまでもないかと思っておりました。大したことは知らないようですが、左右吉とはかなり親しい、と見ましたもので。こいつを餌にして、どこぞに引き摺り込もうか、と考えております」

「そりゃあ、いい。きっと、のこのこやって来るに違いないよ」

「鬱陶しいので簀巻きにしようか、とも思いましたが、生かしておきゃあ、何かの役には立つもんでございますねえ」

「やはり、最後はお前が頼りだよ。上手くやっておくれな」

彦右衛門が、その日初めて笑った。

座敷を出た要蔵が、若い者を従えて屋敷の裏へと回った頃、左右吉と日根は新茶屋町の一膳飯屋で朝餉を摂っていた。

鰯(いわし)の塩焼きと沢庵(たくあん)に根深汁で、左右吉は丼飯(どんぶりめし)を二杯食べた。

「よく食うな」

「拾った命でやすからね」

「話が繋がっておらぬぞ」

「身体をいたわっているんですよ」左右吉は白湯(さゆ)を飲み干してから、おもむろに聞いた。「また、来ますかね？」

「来て貰わぬとな。生け捕りに出来ぬ」

客の入りが少ないのをよいことに、二人はゆるりと休んでから、店を出た。

植木市の帰りなのか、牡丹(ぼたん)の若木を抱えたお店(たな)の主(あるじ)風の男がゆったりと歩を進めていた。その後ろから紙屑(かみくず)買いの男が歩いて来る。

左右吉と日根は、辺りの気配を探ってから日払い長屋へと向かった。

先の男が脇道に折れた。紙屑買いは、まだ前を歩いている。

紙屑買いが、日払い長屋の前で立ち止まり、中を覗き込んでいる。

「何か用かな？」日根が男に聞いた。

「旦那は、こちらにお住まいで？」

「いかにも」

「では、左右吉さんって方がこちらにおいでか、ご存じで？」

「俺が左右吉だが、お前さんは？」左右吉が前に進み出た。

文を渡すように頼まれたのだと言って、男が懐から結び文を取り出した。

「ちょいと待っていてくれよ」左右吉は男に言うと、急いで文を開いた。

『どぶ六でまつ　すぐきてくれ　きん』と書かれていた。金兵衛からだった。

左右吉は、己の心の臓が高鳴るのを聞いた。無事でいてくれたのか。金兵衛にしか教えていない日払い長屋に鳥越の見張りがいたのを知った時から、半ば諦めていたが、金兵衛もまた、闇に通じた男だ。きっと、うまく逃げていたのだ。こうでなくっちゃ、いけねえ。

「これを渡した男だが、名を言ってたか」

「きんべえ、と言ってましたが」

「元気そうだったか」

「そりゃあ、もう」

「それでこの文を、いつ、頼まれた？」

「ほんの四半刻（約三十分）前のことで」

「場所は？」

た。

「宗源寺の門前町で」

土腐店に面した町だった。その辺りには、金兵衛の馴染の店がたくさんあった。

「ありがとよ」

左右吉は小粒（一分金）を渡し、住まいと名を聞いた。男は何度も頭を下げて遠退いて行った。

「誰からだ？」日根が尋ねた。

「驚いちゃいけやせんぜ。金兵衛からでやす」

日根は、左右吉が差し出した文に目を通した。

「金兵衛の字に間違いないのか」

「はっきりとは言えやせんが、他の奴が《どぶ六》を知っているはずがござんせん」

「《どぶ六》とは何だ？」

土腐店にあった六兵衛という男が一人で切り盛りしていた飯屋で、今は仕舞屋になっている家のことだ、と左右吉が話した。宗源寺に隣り合う永昌寺の門前町にあった。

「土地の者しか知らない店なのだな？」

「それも、あっしと奴が入り浸っていた店で」

「行かずばなるまいな」

「そりゃあ、もう」

「直ぐにも駆け付けたいであろうが、念のためだ」

日根は長屋に入ると、前谷と弥五らに行き先を伝えた。

「私も行きましょう」前谷が言った。「何かあるといけません」

「走ってくれ」左右吉が弥五と平太に言った。

「へい」

弥五が火盗改方の役宅に、平太が久兵衛と富五郎の家に走ることになった。

「金兵衛を長く待たすことは出来ねえ。四半刻後にはここを出る。頼むぜ」

弥五と平太が路地を駆け抜けて行った。

四

四半刻が過ぎた。

　黒門を抜け、山下を通り、下谷広徳寺前を行き、新寺町に出た。日根と左右吉が前を行き、前谷に少し離れて付いて来るように合図をした。《どぶ六》のある永昌寺門前町までは、僅かに二町半（約二百七十メートル）である。

　賭場への案内を頼んだ時には、まさか金兵衛を巻き込むことになろうとは思ってもいなかった。しくじりだった。何と言って詫びればいいのか。

　俺は、まだまだ駆け出しだな。

「そろそろか」日根が聞いた。

　左右吉が辺りを見回しながら、そうだと答えた。

「私から入るぞ」

「そいつは、待っておくんなさい。金兵衛は旦那を知らねえ。怯えて隠れちまう」

「罠かもしれぬのだぞ」

「構いやせん」言い切った。

「分かった。だが、万一襲われた時は、直ぐに隅に下がるのだぞ」

「冗談言っちゃいけねえや、あっしだって後れを取りゃあしませんぜ」

「邪魔なのだ」

「あっしが、でやすかい」

「そうだ。家の中で立ち合うのだ。薄暗いに相違ない。相手が誰だか見極めているうちに、勝機を失う。見境なく斬った方が勝算はあるのだ」

「では、その時はほどほどに斬っておくんなさい」

「承知した」

日根は口を閉ざすと、左右吉の脇に回った。

永昌寺の門前町を行き、路地に折れた。角から二軒目の、揚戸(あげど)の下がっているのが《どぶ六》だった。

潜り戸を叩いた。返事がない。

左右吉は鳶口を右手に持ち、左手で戸を押した。軋(きし)みながら、戸が開いた。家の戸はすべて閉ざされているらしい。暗い。

「金兵衛さん、左右吉です」

呼び掛けてみた。返事が返って来ない。

左右吉は潜り戸の前で腰を屈め、屋内を覗いた。暗がりが広がっているだけだった。潜り込もうとした左右吉を、日根が止めた。

「暫(しば)し待て」

日根は向かいの煮売り屋に行くと、提灯を譲り受け、灯を入れて戻って来た。

それを手にして屋内に入るのかと思い、左右吉は礼を言って、手を伸ばした。

「そうではない。見ておれ」

日根は提灯を横にして、火袋に火を移すと、潜り戸の中へ放り込んだ。火袋が炎に包まれ、辺りが明るくなった。人影はない。

それを見て取った瞬間、左右吉に続いて日根が潜り戸の中へ飛び込んだ。

真っ直ぐ板場まで延びた土間があり、その両側が入れ込みになっていた。

入れ込みの奥の方から血が臭った。生臭い。

火袋が燃え尽きようとしている。急速に明かりの輪が縮まっていく。

日根が鞘ごと刀を抜くと、左右吉の袖を引いた。

「来い」

潜り戸の明かりから離れ、入れ込みの陰に潜んだ。

「そう……きち……」

呻き声がした。

「金兵衛さんか！」

「すまねえ……」

「そいつは俺の台詞だ。俺があんなこと、頼まなければ」

「言いっこなし……だ。俺はよ、きょうまで、おんな、泣かせて……」

肉を打つ鈍い音が響いて、金兵衛の言葉が止んだ。

「何しやがった。出て来い」奥の暗がりに向かって左右吉が叫んだ。

「随分と、迷惑を掛けて下さいましたね」

要蔵の声だった。

「長生きの相じゃないとお教えしたでしょう。どうやら今日が命日のようだ」

闇の奥が、少し動いた。

「左右吉」と日根が、脇に立て掛けてある衝立を顎で指して言った。「それで潜り戸を塞いだら、ここから動くな。誰か近付いて来る者がいたら、私ではない。鳶口でぶっ叩け」

「旦那は？」

「突っ込んで、動く者は皆、斬る」

「何人かは生かしておいて下さいよ」

「余裕があったらな」

やれ。日根が言った。左右吉は衝立に手を掛けた。その途端、土間が闇に閉ざされた。

何だ？　左右吉は慌てた。潜り戸に目をやった。表側から塞がれている。やられた！

次の瞬間、松明が奥から飛んで来た。火の粉が舞い上がり、日根と左右吉の姿が露になった。

弓が鳴った。

「伏せろ」

二人の頭上を矢が走り、揚戸に刺さった。

日根は衝立を引き倒すと、松明目掛けて放った。松明の炎が板の下に隠れた。

「行って来るぞ」

日根が入れ込みに飛び上がり、奥へと走った。弓が鳴った。矢が流れて来た。

人が入り乱れる音が続き、叫びと呻き声が重なっている。

数人の足音が土間を駆け抜けて来た。同じところでぐるぐると回っている。

俺を探していやがるのか。

左右吉は鳶口を横に振った。鉤が何かに刺さった。足首らしい。思い切り引いた。叫び声を発しながら男が倒れた。

直ぐ脇にいた男が、刀を横に薙いだ。左右吉は、黒い影に向かって鳶口を振り下ろした。鳶口が股を引き裂き、血が飛び散った。

更に乱れた足音が駆け付けて来た。二人か。左右吉は、ゆらりと立ち上がった。

「てめえは、どっちだ？　味方か」

「おう」答えてから、鳶口の鉄輪で横っ面を殴り飛ばした。顎が砕けたのだろう。転げ回っている。

「野郎」脇の男が刀を振り回した。腰を屈め、男の腹に鳶口を叩き込んだ。相手は身体を二つに折って、うずくまった。

潜り戸を塞いでいた板が外され、前谷の声がした。

「火盗改方である。日根殿、左右吉、無事か」

「あっしは、大丈夫でございやす」

「よし」前谷に続いて寺坂と捕方が入り、揚戸を引き上げた。

明かりが《どぶ六》の内部に差し込んだ。左右吉は足許でのたうち回っている男どもを見回した。鉤で足首を掻き斬った男は咽喉に布を巻いていた。股を引き裂いた男は、茶紺の棒縞を着ていた。

「てめえらか」

蔵前の八幡宮前で襲って来た奴らだった。

「日根殿は？」捕方に棒縞どもを縛るように命じてから、寺坂が聞いた。

「行ってみねえと」

左右吉は奥の方を見て、息を呑んだ。畳も、壁も、床も、血に塗れていた。

「旦那、日根の旦那」叫んだ。

「こっちだ。来い」

左右吉は寺坂に頷くと、死体や斬り落とされた腕や足を跨いで、奥へと進んだ。

頭から血を被ったような半裸の男が、日根の足許に横たわっていた。金兵衛だった。身体を見た。一寸刻みに斬られており、新しい傷口からはまだ血が滴り落ちていた。日払い長屋の場所を聞き出した後も、拷問を繰り返していたのだ。名を呼んだ。金兵衛がゆるゆると瞼を開いた。左右吉に気付いたのだろう、歯が小さく覗いた。

「すまねえ……てめえの塒を……吐いちまった……」

そこまで言ったところで、事切れた。

「冗談じゃねえ、死なれてたまるか。左右吉は金兵衛の身体を揺すった。起きろ。目を開けろ。俺はあんたに何と言って詫びればいいんだよ。起きてくれよ。何度も揺すり、名を呼んだ。涙が溢れ、咽喉に詰まった。噎せた。噎せて、噎せて、金兵衛に縋った。

「もう、よせ」日根が左右吉の肩を摑んだ。「死んでいる」

左右吉は顔を上げ、日根を見た。日根が手拭を差し出している。左右吉は、それを広げ、金兵衛の顔に被せた。

そこに至って、要蔵のことを思い出した。

「要蔵は？　斬っちまったんで？」

「抜かりはせぬ」

日根が入れ込みの隅を指した。

「斬る寸前に奴と分かったので、峰打ちにしておいた。尤も、指は三本程落としたがな」

見ると、要蔵の右手の指が三本欠け、床に血溜りが出来ていた。

「寺坂の旦那」

左右吉の声に、寺坂と前谷が死体の間を縫うようにしてやって来た。左右吉は要蔵の居場所を示した。

「取り敢（あ）えず、生きているのも死んでいるのも皆、役宅に連れて行くが、一緒に来るな？」

「勿論（もちろん）でございます」

寺坂は日根に目礼をすると、捕方の者を呼び、要蔵に縄を打つように命じた。

五

金兵衛始めすべての遺骸（いがい）は、一旦火盗改方の役宅に運ばれた。そこから改めて寺に移されることになるのだが、遺骸のすべてが庭に敷かれた藁茣蓙（わらござ）の上に横たえられている中で、金兵衛だけは同心詰所脇の畳の上に、しかも布団の上に寝かされていた。笹岡の左右吉に対する思いの表われであった。

左右吉が金兵衛の枕頭（ちんとう）に座っている間にも、要蔵への責め問いは続いていた。石を抱かされ、鞭（むち）で打たれ、爪（つめ）を剝（は）がされた。それでも、彦右衛門と《室津屋》の繫がりはおろか、彦右衛門については何を聞いても答えようとしなかった。

「この私が、こんなことで音を上げると思ったら、とんだ間違いですよ」

鼻で笑った要蔵を天井から逆さに吊り下げ、寺坂と前谷が更に執拗に責めたが、口を割ろうとしない。

「大した男だな」と笹岡が要蔵に言った。

瞼をうっすらと開けて、要蔵が口の端を歪めるようにして笑った。

「下ろしてやれ」

「もう少し、お願いいたします」前谷が食い下がったが、笹岡は首を横に振った。

縄が緩められ、石畳に寝かされた。責められたところが痛むのだろう、歯を食い縛って堪えている。

「死ぬぞ」笹岡が要蔵に言った。

「分かっているから、早く殺しておくんなさい」

「この世に未練はないのか」

「ござんせん。未練を残すような生き方は、して来なかったつもりですのでね」

「死を賭して庇う程、鳥越の彦右衛門とは、大切な者なのか」

「好きか嫌いかと問われれば……嫌いでしょう」

「では、どうして庇う？」

「恩があるからです。箸にも棒にも掛からない、こんな男を取り立ててくれたんですよ、元締は」

「それで何をさせられた。殺しの手伝いではないのか」

「私は、とんでもなく貧しい家の出でしてね、腹が減るとかっぱらって凌いでいました。見付かった時には、もう死ぬかと思う程、ぶん殴られたもんです……」

「…………」

「それが、今では妾が三人おります。それぞれ何不足なく暮らしているはずです。美味いものも大概なものは食い尽くしました。そんな暮らしは、元締の下にいたからこそ出来たんですよ。その元締を裏切ることは出来ません」

「人を泣かせた代償であってもか」

「泣くのは、弱いから泣くんです。弱さは罪でございます」

「吐かぬのだな？」

「腕を斬られ、足を斬られ、首を刎ねられようと、吐きません」

「分かった。もはや、何も言わぬ。どこを斬られて死にたい？」

「よろしければ、心の臓を一突きに」

「望みを叶えよう」

「ありがとう存じます」

「お前のような性根の据わった男を、火盗改方に欲しかったぞ」

「私には、向かないでしょう」

「かもしれぬな」

笹岡は脇差を抜くと、身構えた。

「笹岡様」寺坂が叫んだ。

「お止め下さい」前谷が声を張り上げた。

隣室に詰めていた久兵衛らと日根が、拷問部屋に駆け込んで来た。

笹岡が要蔵の心の臓に狙いを定めた。

皆が息を呑み、凍り付いた。辛うじて、日根が叫び声を発したが、遅かった。

脇差が要蔵の心の臓を貫き、石畳を嚙んで止まった。夥しい血潮が噴き上がり、笹岡の顔を、胸を、朱に染めた。

「残りの者どもを、ここに連れて参れ」笹岡が寺坂と前谷に命じた。

浅傷の者三名が引き立てられて来た。

要蔵の変わり果てた姿が、目の前にあった。裸に剝かれ、責めを受けた後、心の臓に脇差を突き立てられている。

三人が揃って、笹岡を見た。血達磨になっている。

一人が喚いて腰を抜かし、這い出そうとした。別の一人は、首を横に振りながら後退りをしている。残る一人は、脇にいた同心の袴に縋り付いた。

「其の方ども、知っていることを白状せぬと、こうなるのだ。よく見ておけ」笹岡は三人を怒鳴り付けると、寺坂と前谷に命じた。「構わぬ。此奴どもも、口を割らねば同じようにいたせ」

「何でも申します。お助け下さい」三人が悲鳴を上げて、額を石畳に擦り付けた。

しかし、三人の者が話したことは、あまり役に立つものではなかった。日根は憤然として、拷問部屋から出て行った。

左右吉に要蔵のことを言い付けに行ったのだろうと、久兵衛は見送った。気持ちは、日根と同じであった。

「早まったか。勝てる賭けだと思うたのだが……」

笹岡が額に指先を当てたところに、左右吉が日根を伴って現われた。

左右吉は日根を宥めるようにして前に出ると、その三人に会わせていただけやすか、と笹岡に聞いた。

「人したことは知らぬようだぞ」

「一応、面を拝んでみやす」

一の部屋、二の部屋と覗き、三の部屋の前で、左右吉の足が止まった。

（こいつは……）

左右吉は三の部屋に入ると、後ろ手に柱に縛られている男の前に立った。男が左右吉を見て、顔を背けた。

「その挨拶はねえだろう。てめえにはすっかり騙されたぜ。ええ、伊之助さんよ」

佐伯美作守の下屋敷の賭場にいた男で、彦右衛門が贔屓にしている料亭が黒船町の《くろ舟》だと言った者だった。

「俺は、最初にとんでもねえ奴と出会っちまったようだな」

「あの夜、八幡宮の前で殺しちまっていれば、こんなことにはならなかったのによ。何だ、あのふざけた侍は」

佐古田流道場の先輩、赤垣鋭次郎のことだった。

「見てたのか」

「当ったり前よ。てめえがのたうち回るのを楽しみにしてたのによ」

「気が付かなかったぜ」

加勢もせず、闇の中に潜んでほくそ笑む伊之助の姿が、脳裏に浮かんだ。何て野郎だ。金兵衛を要蔵に捕らえさせたのも、伊之助の差し金に違えねえ。

「てめえじゃねえのか。金兵衛と名乗って、紙屑買いに文を届けさせたのは？」

「知らねえな」

「あの紙屑買いを連れて来てもいいんだぜ。名も住まいも聞いているからな」

「…………」

そうだ、と伊之助が答えた。命じられたからしたまでで、俺は要蔵の兄貴と違って、何も知らねえ。

「身体に聞くよう頼んでもいいんだぜ」

「殺されるのか、俺も」

「言わなければな」

「待ってくれ。本当に何も知らねえんだ。信じてくれよ」

誰かが近付いて来た。善六だった。

「親分が呼んでるぜ」

「大親分の方ですかい？」

「いや、お前の親分だ」

「何かな……」

行こうとして、善六がふと立ち止まって、伊之助を凝っと見ているのに気が付いた。

「どうかしやしたか？」

「おめえ」と善六が、伊之助に言った。「あの時の船頭じゃねえか」

八日前、彦右衛門と《室津屋》が舟をしつらえた時の船頭に間違いねえ、と善六が伊之助の顔を見つめながら言った。

「伊之よ、てめえって奴は、ほとほと始末の悪い男だな」

左右吉は部屋の隅に行くと、鉄の棒を拾い上げ、伊之助の背後に回り、思い切り股を打ち据えた。

伊之助の叫びが、拷問部屋に響き渡った。打たれた股は見る間に紫色に変わり、腫れ始めている。伊之助の身体が瘧のように震え出した。

「これで済んだと思うなよ。手始めだからな。次は、膝を砕くぜ」

鉄の棒を振り上げた。

「待ってくれ。お願いだ。言う。何でも言うから待っておくんなさい」

「あの舟の中で、彦右衛門と《室津屋》は何を話していた？」善六が聞いた。

「左右吉とあの浪人を殺すと言ってました……」

「前にも二人を乗せたな？」

「へい……」

「やはり、殺しの相談をしていたのだな？」

「何度か」

「詳しく話せるな。話せば、命までは取られねえよう頼んでやるが、どうする？」

「頼みます。俺はまだ、死にたかねえ」

「笹岡様をお呼びしねえかい。おめえの手柄だ」善六が左右吉に言った。

「兄ィ」

「早くしろ」

左右吉は部屋を飛び出した。

その日のうちに、鳥越の彦右衛門と《室津屋》治兵衛の許に火盗改方の捕方が急行した。

《室津屋》治兵衛は店頭で捕縛されたが、鳥越の彦右衛門は、既に元鳥越町の屋敷から逃げ去っていた。

直ぐさま江戸の四宿に火盗改方の与力と同心が差し向けられたが、彦右衛門は捕方の網の目を潜り抜け、姿を消した。

どこにいるのか？

《どぶ六》の生き残りと元鳥越町にいた者が、火盗改方の牢に繋がれ、再び責め問いが開始された。掏摸の勘助を殺した下手人も割れたが、日根が《どぶ六》の死闘の中で斬り殺していたことが判明した。

いつもの毎日が始まった。

お半長屋に戻り、《汁平》で飯を食い、千をからかい、一日が過ぎた。

千は勘助の墓はあたしが建ててやる、と言って、自らの菩提寺である本所の正覚寺に頼み込んでいた。

そうして五日が過ぎた時、笹岡から呼び出しが掛かった。左右吉は、久兵衛と富五郎らとともに、火盗改方の役宅へ出向いた。遠州浜松で彦右衛門が捕えられたという知らせが、届いたのだ。笹岡は満面に笑みを湛えていた。

「手下に裏切られたのだ。落ち目になった者の末路だな。明日にでも、身柄の引き取りに行って参る。それからな」

ここだけの話だが、と前置きされ、直参旗本・曽根家と服部家の用人が、相前後して自害して果てたそうだ、と笹岡は告げた。

左右吉らは、長官の安田伊勢守から褒美として下げ渡された金五両を畏まって拝領し、火盗改方を辞した。

役宅からの帰り、久兵衛が左右吉と富五郎らを家に招いた。

久兵衛は、いただいたばかりの金五両の包みを開くと、二両を取り、そのうちの一両を富五郎に渡した。残りの三両を左右吉の手に押し付け、

「いろいろ世話になった人がいるだろう。よっく礼をするんだぜ」

と言った。

「大親分、それでもこれじゃ、貰い過ぎで」

左右吉の言葉を遮って、久兵衛は富五郎を振り返り、

「話してやんな」と促した。

富五郎は、一つ咳払いをすると、「金兵衛のことだ」と言った。「あれから、ちょいと調べさせて貰ったら、金兵衛には娘が一人いることが分かった」

知らなかった。そんな話は聞いたこともなかった。

「もう十年以上前に、母親に連れられて家を出ちまったらしいが、猿橋宿にいるって話だ。判人の親父でも、親父は親父だ。知らせてやったら、どうだ？　骨も運んでやればいい。辛いだろうが、それも修行だ」

猿橋宿は、江戸から二十三里十町余（約九十二キロメートル）、甲州街道二十四番目の宿場で、片道でも三日は掛かるところだった。

「行ってもよろしいんで？」

「俺がいつ反対したよ」

「へい……」

「そのご褒美は、旅の費えにするがいい。よかったな」久兵衛が言った。

「へい」

「てめえは思い込みが強い。走り出すと周りの迷惑など構わなくなる。これからは、一歩下がってみろ。俺は下がり過ぎているけどな」富五郎が言った。

「親分」ありがとうございます。左右吉は畳に手を突いた。

「こいつが」と富五郎が久兵衛に言った。「心から俺のことを『親分』と言ったのは、これが二度目ですぜ。少ないとは思いやせんか」

「一度目は、いつだった？」

「まだ来たての頃で、腹減らしていた時に飯を食わせてやったら、『親分』って心の底から言ってくれたんですが、それ以来ですかね」

「親分、そりゃあひでえや」

晩飯を久兵衛の家で呼ばれ、お半長屋に戻ったのは、六ツ半（午後七時）を過ぎた頃だった。

土産に求めた二包みの饅頭のうち、一つを大家の嘉兵衛に渡した。

残りの一包みは日根と食べようと、腰高障子を叩いた。日根は、何やら書き物をしていた。

「お邪魔でしょうか」

「どうした？」

左右吉は土産の包みを見せた。

「ご一緒にいかがですか」

「これは、すまぬな」

「いい知らせがあるんでございますよ」

彦右衛門が遠州浜松で捕縛されたことを伝えた。

次席家老派の北川を手に掛けた殺しの請け人が誰で、殺しの依頼をした者が誰であったのか、結局分からず終いになってしまっていたのだが、彦右衛門の捕縛により一件解明の望みが繫がったことになる。

「左様か」

日根は文机のものをちらと見て、国の友に文を書いていたのだ、と言った。

「依頼した者の名が分かれば、かつての同志を集め、殿に言上するという手立てもある。早く分かるとよいのだがな」

明日にも笹岡が遠州に出向く予定だと左右吉が話している途中で、日根が手で制した。

「誰か来た……」

日根は刀を手に取ると左手に持ち替え、身構えた。

「小池だ」

日根が、入るように、と腰高障子の向こう側にいる小池に言った。

戸が開いた。男の顎に大きな黒子があった。小塚原で見た立会人であった。

小池と名乗った武士は左右吉を見、外せ、と言った。

「構わぬ。居れ」

日根の言葉に、左右吉は浮かし掛けた腰を下ろした。

「果し状を持って来た。受けるであろうな」

「無益なことだと言うても、聞かぬのであろう？」

「そうだ」

「承ろう」

小池は日根に果し状を手渡すと、この場で目を通すようにと言った。日根が果し状の左封じを切った。

「刻限は、明朝明け六ツ（午前六時）。小塚原の鎮守の森とは、この前の森のことだな？」

「そうだ」

「『町田宏一郎』とあるが、この者は町田卜斎の倅か」

「嫡男だ。それに助太刀が一人付く」

「どなたが？」

「宏一郎の義兄に当たる者だ」

「分かった」

「そんな簡単に受けちまって、いいんですかい？」

「口を挟むな」小池が凄んだ。

「冗談じゃねえ。あっしもお供いたしやすぜ」

小池が左右吉に鋭い一瞥をくれた。

「来るには及ばぬ」日根が言った。「これは私の問題だ」

「そうはいかねえや。二本差しと言っても、寝込みを襲った奴どもですぜ。信じられやすか。どんな卑怯な罠を仕掛けて来るか、知れたもんじゃねえ」

「黙れ」小池が押し殺した声音で言った。

「黙らねえ。いいか、日根さんはお前さんのことを竹馬の友だと言いなすった。だが、それにしちゃあ、お前さんは友達甲斐がなさ過ぎる。お前さんが指図して襲わせたかもしれねえじゃねえか。あっしには、お前さん方が信じられねえな」

「私は、何も知らなかったのだ」小池は苦しげに言った。

「どうですかね」

「私が目を離していた隙のことなのだ。二度とあのような真似はさせぬ。私が請け合う」

「信じやすかい？」左右吉が日根に聞いた。

日根は、何も答えず、凝っとしている。

「あっしはお供いたしやすぜ。日根さんに命を助けて貰っているんだ。断られても、付いて行きやす」

「好きにいたせ」

日根が呟くように言った。

小池は日根を見据えたまま、戸口を出、去って行った。

六

明けて、四月五日——。

左右吉は暁七ツ（午前四時）に起き、飯を炊き、味噌汁を作った。

日根を呼び、二人で向かい合って飯を食い、借りておいた鳶口を手に、七ツ半（午前五時）には長屋を出た。

二人の歩く足音だけが、通りに響いた。

新シ橋を渡り、向柳原を通って新堀川沿いに進んだ。

蜆売りと納豆売りの子供の姿が見え始めた。炊事の煙も、ところどころで立ち上っている。

東本願寺（ひがしほんがんじ）から浅草寺（せんそうじ）を抜け、日本堤（にほんづつみ）に出た。吉原帰りの客が擦れ違って行く。小塚原に続く山谷浅草町の街道を北に折れた。

早立ちの旅人が、左右吉と日根を追い抜いて行った。

「どうした？」と日根が言った。「何か話せ」

「こんな時に、何を話せばいいんですかい？」

「適当に見繕（みつくろ）えばよいではないか」

「酒の肴（さかな）じゃねえんですよ」

そのまま二十歩程歩いたところで、日根が言った。

「雨乞と呼ばれているそうだな」

「乾き切ったこの世に、ちっとばかり潤（うるお）いってやつをもたらしてやろうか、なんて考えましてね。そう呼ばせておりやす」

「嘘（うそ）だな」

「嘘です」

「だが、私はお主に出会って、少し潤ったぞ」

「そう言っていただけると、嘘を吐（つ）いた甲斐があろうかってもんで」

山谷浅草町の町並が途切れ、道の先に鎮守の森が見えた。森の手前に羽織袴の武士がいた。物見の者なのだろう。二人の姿に気付くと、奥へと走り込んで行った。

「お待ちかねらしいな」日根が先に立ち、よいな、と左右吉に言った。「私に何があろうと、手出しはするな」

「へい……」

森に入ると、奥に白鉢巻に白襷を掛けた若侍が見えた。まだ二十歳を過ぎたばかりなのだろう、いかにも若かった。

その脇に、小池と名乗った、果し状を届けに来た男がいた。物見をしていた者を含め、供侍は三人いた。

小池が日根から左右吉に目を移した。

「やはり、来おったか」

「立会人だそうだ」

「柳原土手で十手を預かっております左右吉と申します。日根様とは別懇の間柄、と思うておりやす。しかと、見守らせていただきます」

下っ引だとは、敢えて口に出さなかった。その方が、相手も無謀な真似は出来まい、と踏んだのである。

小池は鼻を鳴らすと、日根に目を遣った。

「果し状に書いた通り、助太刀を一人連れて来た。構わぬな」

「………………義兄上でしたな」

「そうだ」

声とともに太い柏の木の後ろから、鍛え抜かれた身体の侍が現われ、名乗りを上げた。

「一色隼人正である」

日根は、いぶかし気に目を細めた。

「あなたが江戸におられることは分かっていた。しかし、どうして、義兄なのですか。一色さん、あなたは、北川様の妹御を妻女に迎えておられたはずではないですか」

「離縁した。その後で、宏一郎の姉を嫁に貰った。それだけのことだ」

「おかしいですな。町田卜斎の娘は、確か郡奉行の桑山様に嫁いでいたはず。なのに、今はあなたの妻女だと言う。分かりませぬな」

「うるさい男だ。死に行く身に話すことはない」

「成程……」と日根が言った。「助太刀の名目を作るため、北川様の妹御と離縁して、卜斎の娘と再婚したのか。そうなのですね？」

「その通りだ。それで気が済んだか」

一色が宏一郎に、刀を抜け、と命じた。宏一郎の手と膝が震えている。

「そんなことで仇が討てると思っているのか。腹を括（くく）れ」

怒鳴り声に覚えがあった。お半長屋の日根の店が襲われた時の頭目の声だった。

――厄介（やっかい）な男だ。

と言っていた日根の言葉が思い返された。

「小池」と日根が言った。「このような私闘を、いつまで繰り返すつもりだ」

「私闘ではない」と一色が叫んだ。

「では何だと言うのですか」

「上意（じょうい）とあらば、何とする？」

「殿がお許しになられる訳がない」日根が首を横に振った。

「日根、やはり、お前は何も見えておらぬのだな」小池が言った。

「止めろ。言う必要はない」一色だった。

「構わないでしょう。言って聞かせた方が親切というものですよ」小池が、腕を組んだまま、空を見上げるようにして言った。「まさに、上意なのだ。北川様殺害は殿のご意思であったのだ」

「何……？」

「あのお方にとって、一番心配だったのは、藩政の乱れを御公儀に知られることだった。改易にならぬとも限らぬからな。そこで、城代家老派と次席家老派のどちらを潰すか、思案を巡らされた。そして、次席家老派の中心である北川様を殺せば形勢は傾く、そう読まれたのだ。まさに、その通りになったがな」

「……信じられぬ」

「確かに信じられぬ。が、俺は家禄を捨てることは出来ぬでな。命じられるままに、果し状の運び屋になっているのだ……」

「ちいっと、ご免蒙りやす」左右吉が小池に言った。

「何だ？」

「旦那は今、運び屋と仰しゃいやしたね」

「言った」

「前の時も、刀は抜かなかった。でしたら、今回も抜きませんね？」

「そのつもりだ。私の役目は検分することだからな」

　左右吉は、宏一郎と一色に一瞥をくれると、声を潜めた。

「あの怒鳴り声のうるさい一色さんって方は、お強いので？」

「当家の四天王と言われている一人だ」

「日根の旦那は？」

「四天王にか。入っておらぬ」

「でしたら、それで二対一ってのは、不公平じゃねえですかい」

「よいのだ。私が承知したのだ」日根が言った。

「そうは参りやせん。あっしが聞いた以上、もし二対一で始めたら、江戸中の読売に、常陸国笠森十三万石丹羽家は卑怯者の集まりだと書かせやすぜ」

「止めろ」日根が叫んだ。

「どうせよ、と言うのだ？」小池が聞いた。

「あっしが、日根の旦那の助太刀に立つ。それで、晴れて二対二になるって寸法でしょうが」

「一色さん、どうします？」小池が聞いた。

「構わぬ。刀の錆にしてくれるだけだ」

「では、始めるがよい」小池が下がった。小池の供侍も、木々の間に身を引いた。

「旦那」と左右吉が日根に言った。「若い方は任せておくんなさい」

「仕方ない。頼むが、殺すでないぞ」

「手足の骨を一、二本折るくらいは構わねえですよね。それとも、こないだのように顎の骨を砕いてやりますか」左右吉が鳶口を音立てて振り回した。

宏一郎が左右吉の言葉に蒼白(そうはく)となった。

「しっかりしろ。己の力を信じるのだ。掛かれ」

一色は宏一郎の背を押すと、刀を抜いて、日根の方へと突き進んで行った。

日根の刀が下がった。

「孤月流水神剣。見切っておるわ。何度負ければ、分かるのだ」

一色の剣がするすると伸び、日根の小手を襲った。

日根が引き足を利(き)かせ、飛び退(しさ)った。一色の打ち込みが執拗に続いた。日根は刀で受けながら足を使い、間合いを保っている。一色の足が止まった。間合いは三間（約五・四メートル）。一色が怒鳴った。

「孤月流が、逃げの剣とは知らなんだぞ」

「分かりましたぞ」日根が下段に構えたまま言った。

「何を言うておる？」

「私が一色さんに勝てなかったのは、道場だったからですな。ここには羽目板がない。間合いは詰まりませんな」

「吐かせ。腕の違いを見せつけてくれるわ」

一色の剣が唸りを上げた。傍らにあった若木が幹から断ち斬られ、倒れた。日根が横に走った。一色も追うように横に走っている。

一瞬、町田宏一郎が一色の行方に気を取られた。その隙を見逃す左右吉ではなかった。鳶口の鉄輪が宏一郎の剣を打った。剣が撥ね飛び、宏一郎が腰から地に落ちた。

「何をしておる」一色が、日根を追いながら叫んだ。

這って逃げている宏一郎に、小池が鞘ごと太刀を投げ与えた。

「かたじけない」宏一郎が刀を抜き払って身構えた。

拙かった。およそ、修羅場を掻い潜ったことのない剣だった。左右吉は、追い詰めるに留め、日根を見守ることにした。

事を急いで焦ったのか、一色が強引に突き掛かった。

寸で躱した日根の、下段からの剣が一色の胸許を掠めた。一色が懐に収めていた懐紙を斬り裂き、剣が虚空に流れた。

そこを狙い澄ましたように一色の剣が、日根の肩口から腹へと袈裟に振り下ろされた。日根は寸の見切りで剣を躱すと、勢いを付けて間合いの中に飛び込んだ。

「何！」

一色の剣が日根の剣を横に払った。日根の剣が弾けて飛んだ。

「貰った！」

返す刀で日根の脇腹を薙いだ。勝ったと思った瞬間、日根が己の脇を駆け抜けて行った。脇差の切っ先が光って過ぎた。一色は己の脇腹を見た。ざくりと斬られ、血が噴き出していた。熱かった。焼け火箸を刺し込まれたような熱さだった。

斬られたのだ、と悟った。

宏一郎を見た。口を開け、泣き叫び、頭を抱えている。

空を見た。木立が伸びている。鳥が一羽、その上を横切るのが見えた。

こんなはずではなかった。負けるはずではなかった。まだ死にたくはなかった。

藩命で離別させられた妻の顔が浮かんだ。

草を踏む足音が遠退いて行き、止まり、何かを拾い上げている。刀か。一色の命が絶えた。

「まさか、日根が勝つとはな」小池は日根に言うと、左右吉に聞いた。「町人、其の方、剣の心得があるのか」

「道場に通わせていただいておりやす」

「であろうな」

小池が、宏一郎に立つように命じた。よろよろと立ち上がっている宏一郎に、日根が言った。

「私が卜斎殿を斬ったのは、襲われたがために止むなく、だ。恨みがあってのことではない」

「そんなことは、分かっております」

「分かっているのならば、なぜ無駄なことをする」

「仇を討つよう命じられれば、従うしかありません」宏一郎が唇を嚙んだ。

「小池、何とかしてやれ」

「俺に何が出来る」小池は、供の侍に一色の遺骸を片付けるように命じると、多分、と言った。「俺はまた、命じられるままに果し状を持って行く。お前がどこにいようと探し出し、持って行く……」

　小池は場違いに明るい声で続けた。

「よい友が出来たようだな。羨(うらや)ましいぞ。俺には、誰一人、おらぬ」

　小池に背を向け、怒ったように去って行く日根を、左右吉は追い掛けた。

　街道に出た。往来を行き交う人々が、屈託なく話し合い、笑い合っている。

　日根は、人の流れに逆らい、早足に去って行く。左右吉も後に続いた。

　田畑が切れ、町並が始まった。呼び込みの声に耳を貸そうともせず、日根は歩んでいる。

　そうだ、と左右吉は思った。甲州街道の旅に、日根を誘おう。往復六日の二人旅ぐらいなら賄(まかな)えるだろう。うまく工面すれば、金兵衛の娘に香典の一つも包んでやれるかもしれない。

　何と言って切り出せばよいのか。左右吉は、話題を探した。

　ふと、佐古田流道場の慈斎の姿が目に浮かんだ。

「旦那、ご存じでやすか。孤月流の人なのですが」

日根の歩みが、少し鈍った。

「何と言ったっけな。風、風……、風間だ。風間幾四郎というお方です。ご存じでやすか」

日根の歩みが止まり、振り向いた。

「どうして、その名を知っている？　そのお方は私の師だ」

目を見張っている。

「生きているって面白いっすねえ、旦那」左右吉の顔がゆっくりと笑み割れた。

「お連れいたしやしょう。あっしの道場へ」

あとがきにかえて～長谷川卓　折々の食

佐藤亮子

本書は、平成二十一年（二〇〇九）四月、徳間文庫書き下ろしとして初めて世に出た作品の新装版である。

平成十七年（二〇〇五）、若き剣豪槇十四郎正方の柳生シリーズ三部作（令和三年、祥伝社文庫より新装版発行）を書き上げた後、長谷川卓は捕物帖作品を次々と世に問うた。北町奉行所捕物控シリーズ（ハルキ文庫、後に祥伝社文庫）、高積見廻り同心御用控シリーズ（祥伝社文庫）、戻り舟同心シリーズ（学研M文庫、後に祥伝社文庫）である。平成二十一年には【この文庫書き下ろし時代小説がすごい！】ベストシリーズ第三位に、『戻り舟同心』が選ばれた。選出の報に接した時は、夫婦して小躍りして喜んだものである。

確かな手応えがある。この道に突き進んでいいんだ――。

遅咲きの時代小説家・長谷川卓は、ついに覚醒した。自分の立ち位置はここだ、時代小説こそ、自分の書くべき世界だと思い極め、まさに大海に漕ぎ出そうとしたのである。

以後は、戦国時代の山の民を描いた獄神シリーズと、江戸の市井の人々の悲喜こもごもを描く捕物帖との、いわば二刀流で、自分の書きたい世界、自分の書きたい人々を、力の限り書き続けていった。

そんな時代の最中に執筆されたのが、この『雨乞の左右吉捕物話』（全二巻）である。お気に入りの作品の一つで、この後、続きはこうなって、ああなって、と食卓を囲んで話に興じていたものだが、幾つもの作品を並行して書けるような器用な作家ではない。いつか、また……と願いつつ、書く機会を逸したまま旅立ってしまった。今頃あちらの世界で、あれも、これも、と忙しく筆を進めているのかもしれない。


本編の主人公雨乞の左右吉は、捕物帖の主人公としては異色な存在ではないか、と思う。町奉行所の同心だとか、御用聞き、いわゆる親分が主人公であれば、自分の裁量でどんどん事件捜査に踏み込んでいっても差し支えない。しかし、左右吉は、そういう立場にはない。下っ引である。同心や親分やらの指図に従って、あちこちを駆けずり回る使いっ走りでしかないはずなのだ。ところがどっこい、下っ引のくせに、既に人から二つ名で呼ばれるこの主人公は、かつて馴染んだ闇の社会とのつながりを糧として、縦横無尽に捜査に走る。

立場的には下っ端なのだが、その図抜けた能力と顔の広さで、自分の直属の親分の上にある大親分や、火附盗賊改方の与力からも絶大な信頼を得ている。それどころか、女掏摸の千、仕えていた藩内の抗争によって仇呼ばわりされている、凄腕の浪人・日根孝司郎の二人と組んで、水際立った捜査を展開していく。

この不可思議なトリオの掛け合いが、何とも心地よく物語を引っ張っていくところが、すこぶる付きである。

ちなみに左右吉という名は、反骨の歴史学者と言われた津田左右吉（一八七三〜一九六一）に由来する。実証主義に基づく『古事記』『日本書紀』の文献批判によって、古代史研究の基礎を構築した卓見の人だが、その主要書籍が国体思想に反する、と猛烈な批判を受け、昭和十五年（一九四〇）、出版法違反で起訴されるという苦難の道を歩んだ人物である。

さて——。

既にお気付きの読者の方も多いことだろうが、長谷川作品は、ともかく食事のシーンが多い。日々の暮らしの中にある、ほっこりとする品々が、次から次へと登場する。読む度に、何となく頰が緩んでしまうのは、私だけではない、と思う。

　食べ物がたくさん登場するのは、本人が「腹がくちくなれば、こっちのもんだ」と常々豪語しているほどの食いしん坊だったからである。ちなみに「くちい」とは、日本国語大辞典によると、「これ以上飲み食いできないほど腹がいっぱいである」の古い言い方だそうである。夫は、長谷川伸の『一本刀土俵入り』に出てくる有名な台詞だ、と主張していたが、私は寡聞にして知らない。どころか、そんな言い方が存在するなど、結婚してから初めて知った。

　若い頃はともかく早食いの上に大食いで、よく「腹がぶち割れるほど、食いたい！」と吠えていた。「ぶち」は「ぶちこわす」などと同じ接頭語で、どうやら腹がパンパンになるまで、食べ物を詰め込みたい、というニュアンスらしい。天ぷらなど揚げようものなら、台所に入り込んできて、「あれも揚げて、これも揚げて」と煩くてしょうがなかった。食欲に関しては、ほとんど小学生のノリである。

　一方、高級料亭でしか味わえそうもない珍味に対する嗜好は、絶無だった。そんなものには、「用はねぇ」というのが長谷川スタイルである。そもそも外食するのが、大して好きではない。むしろ、腹がくちくなったら、そのまま後ろにぶっ倒れて大いびきが掻ける、「家メシ」が最高と思っていたらしい。

味のベースは、子供の頃に食べていた「おふくろの味」である。その点は、世の殆どの男性が首肯するところだろう。特産和牛の挽肉がたっぷり入ったコロッケよりも、ほぼじゃがいもしか入っていない、幼き日の思い出の味がするコロッケの方が、滅法美味い、と真剣に思っていた節がある。

かつて、街角の惣菜屋さんは、店先でコロッケなどを揚げて、出来たてのものを販売することが多かった。ぷんと香る揚げ物のにおい。油のはねる音。母親の買い物が終わるまで、ここで待っているように言われ、よだれを垂らしそうになりながら、じっとコロッケの揚がるのを覗き込む少年。

夕暮れの街角の、どこにでもいた、そんな少年が、長谷川卓だった——。

それほど食に貪欲な人間が、大病を患い、抗がん剤の副作用で、食べ物が喉を通らなくなった。驚愕の体験だったらしい。

一時期は味覚が変わってしまい、水すら「炭みたいで飲めない……」と言っていた。喉に刺激があるものの方が入る、というのでコーラばかり飲んでいる患者さんがいる、と聞き、試しに飲んでみたところ、コーラだけは「普通の味がする！」と大喜び。しばらくコーラばかり飲んでいた。が、なかなか固形物は受け付けず、体重も落ち、鬱々（うつうつ）としていた。

生の果物なら、喜ぶかもしれない、と林檎（りんご）を病室に持って行き、その場で剝（む）いて食べさせてみた。

一切れの林檎が、骨の髄（ずい）まで沁（し）みわたったらしい。みるみるうちに、顔色が変わり、つややかになった。

「いやぁ、美味い！　林檎って、こんなに美味いものだったんだ！」

その後、少しずつ食欲が戻り、煮込みうどんに舌鼓（したつづみ）を打つまでになった。家族にも、嬉しい驚きだった。

その後も、林檎を食べる度に、

「林檎には、何度も命を助けられたなぁ……」

と、しみじみ言っていた。

人の暮らしの根本は、日々食する何気（なにげ）ない食べ物のうちにあるのかもしれない。

る。

『雨乞の左右吉捕物話』に登場する食べ物の中で、私がひときわ好きなものがある。

酒と肴が来た。肴は、汁たっぷりの煎豆腐（いりどうふ）に溶き卵を掛け回したものと、小魚を炙（あぶ）ったものだった。熱燗（あつかん）と温かな煎豆腐が、夜道を歩いて来た身体に沁みた。

「美味しい」千が、取り鉢を両の掌で包んでいる。

千が湯気に目を細めている姿が目の前に浮かんでくる。

煎豆腐は、亡き義母が実家で作っていた懐かしの味で、夫が時折作ってくれたものだ。

過ぎ去った昔の、あの柔らかな光が、湯気の向こうに見えるような気がする。

令和三年十二月　静岡にて

病室で洋梨のコンポートに
舌鼓

エスパルスドリームプラザ
にて

注・本作品は、平成二十一年四月、徳間文庫より刊行された『雨乞の左右吉捕物話』を妻・佐藤亮子氏のご協力を得て、加筆・修正したものです。

雨乞の左右吉捕物話

一〇〇字書評

切・り・取・り・線

購買動機（新聞、雑誌名を記入するか、あるいは○をつけてください）

□（　　　　　　　　　　　　　　）の広告を見て
□（　　　　　　　　　　　　　　）の書評を見て
□ 知人のすすめで　　　　□ タイトルに惹かれて
□ カバーが良かったから　□ 内容が面白そうだから
□ 好きな作家だから　　　□ 好きな分野の本だから

・最近、最も感銘を受けた作品名をお書き下さい

・あなたのお好きな作家名をお書き下さい

・その他、ご要望がありましたらお書き下さい

住所	〒				
氏名		職業		年齢	
Eメール	※携帯には配信できません		新刊情報等のメール配信を 希望する・しない		

この本の感想を、編集部までお寄せいただけたらありがたく存じます。今後の企画の参考にさせていただきます。Eメールでも結構です。

いただいた「一〇〇字書評」は、新聞・雑誌等に紹介させていただくことがあります。その場合はお礼として特製図書カードを差し上げます。

前ページの原稿用紙に書評をお書きの上、切り取り、左記までお送り下さい。宛先の住所は不要です。

なお、ご記入いただいたお名前、ご住所等は、書評紹介の事前了解、謝礼のお届けのためだけに利用し、そのほかの目的のために利用することはありません。

〒一〇一-八七〇一
祥伝社文庫編集長　清水寿明
電話　〇三（三二六五）二〇八〇

祥伝社ホームページの「ブックレビュー」からも、書き込めます。
www.shodensha.co.jp/bookreview

祥伝社文庫

雨乞の左右吉捕物話

令和 4 年 1 月 20 日　初版第 1 刷発行

著　者　長谷川　卓
発行者　辻　浩明
発行所　祥伝社
東京都千代田区神田神保町 3-3
〒 101-8701
電話　03（3265）2081（販売部）
電話　03（3265）2080（編集部）
電話　03（3265）3622（業務部）
www.shodensha.co.jp
印刷所　堀内印刷
製本所　ナショナル製本
カバーフォーマットデザイン　中原達治

Printed in Japan ©2022, Ryoko Sato　ISBN978-4-396-34787-1 C0193

祥伝社文庫の好評既刊

長谷川 卓　柳生七星剣（やぎゅうしちせいけん）

柳生家が放った暗殺集団「七星剣」。政争に巻き込まれた若き武芸者は、刺客を倒し暗殺を止めることができるか？

長谷川 卓　柳生双龍剣（やぎゅうそうりゅうけん）

熊野、伊勢、加賀……執拗に襲い掛かる異能の暗殺集団の正体とは？〝二頭の龍〟が苛烈に叩っ斬る！

長谷川 卓　柳生神妙剣（やぎゅうしんみょうけん）

御三家の柳生新陰流の剣術指南役が次々と襲われた。「柳生狩り」を阻止すべく、己を超えた〝神妙の剣〟で挑む！

長谷川 卓　父と子と　新・戻り舟同心①

死を悟った大盗賊は、昔捨てた子を捜しに江戸へ。彼の切実な想いを知った伝次郎は、一肌脱ぐ決意をする――。

長谷川 卓　雪のこし屋橋　新・戻り舟同心②

「お前は罪を償ったんだ。それを忘れるなよ」遠島帰りの老爺に忍び寄る黒い影。老同心の粋な裁きが胸に迫る。

長谷川 卓　鳶（とび）　新・戻り舟同心③

かつて伝次郎らに凶刃を向けた口入屋〝鳶〟を錆びつかぬ爺たちが突き止める。狡猾な一味の殺しの標的とは……。

祥伝社文庫の好評既刊

長谷川 卓
戻り舟同心
齢(よわい)六十八で奉行所に再出仕。ついた仇名(あだな)は〝戻り舟〟。「この文庫書き下ろし時代小説がすごい！」〇九年版三位。

長谷川 卓
百まなこ
高積(たかづみ)見廻り同心御用控①
江戸一の悪を探せ。絶対ヤツが現われる……南北奉行所が威信をかけて、捕縛を競う義賊の正体とは？

長谷川 卓
風刃(ふうじん)の舞(まい)
北町奉行所捕物控①
無辜の町人を射殺した悪党、商家を皆殺しにする凶悪な押込み……。臨時廻り同心・鷲津軍兵衛が追い詰める！

岩室 忍
初代北町奉行 米津勘兵衛①
弦月(げんげつ)の帥(すい)
家康直々に初代北町奉行に任じられた米津勘兵衛。江戸創成期を守り抜いた男を描く、かつてない衝撃の捕物帳。

樋口有介
変わり朝顔
船宿たき川捕り物暦①
朝顔を育てる優男(やさおとこ)にして江戸随一の剣客・真木倩一郎(まさきせいいちろう)は、一人の娘を助ける。彼女は目明かしの総元締の娘だった！

今村翔吾
火喰鳥(ひくいどり)
羽州(うしゅう)ぼろ鳶(とび)組
かつて江戸随一と呼ばれた武家火消・源吾(げんご)。クセ者揃いの火消集団を率いて、昔の輝きを取り戻せるのか!?